MISSIONS
À TOUS LES ÉTAGES

SORCELLERIE ACADÉMIE

18 rue Barbès, 92120 Montrouge
ISBN : 979-10-363-6232-3
Dépôt légal : octobre 2024

MIXTE
Papier | Pour une gestion forestière responsable
FSC® C106954

Loi n° 49-956 du 16 juillet 1949 sur les publications destinées à la jeunesse.
Imprimé en Slovénie par Florjancic Tisk.

MISSIONS À TOUS LES ÉTAGES

IV SORCELLERIE ACADÉMIE

LE BUREAU DES OPÉRATIONS

Paul Martin
Christophe Bataillon
Erwann Surcouf

ET SES AGENTS SUR LE TERRAIN

Léa German
Mokë
Sébastien Touache

Bayard Jeunesse

TABLEAU DE DÉ

Si tu veux jouer mais que tu n'as pas de dé, utilise cette grille.
À chaque fois que tu devrais jeter un dé, ferme les yeux et pose ton crayon dessus au hasard.

4	2	5	1	3	5	6	1	6	1	3	5	1	5	6	3	4	2
5	3	4	6	2	1	5	3	1	5	2	6	3	2	1	5	6	3
3	6	1	5	4	3	6	2	3	6	5	1	4	6	4	2	3	1
2	4	3	2	6	2	3	4	2	4	3	2	6	2	5	4	5	3
6	5	1	6	1	5	1	6	1	5	1	4	3	6	1	6	2	5
1	4	6	5	2	1	2	5	6	1	6	5	2	4	2	5	1	6
3	6	2	1	6	5	6	4	1	5	1	2	6	1	5	2	3	2
5	1	4	3	5	2	4	6	5	2	4	3	5	2	4	3	2	4
4	3	5	6	2	1	6	2	4	1	4	5	4	1	3	5	4	3
1	2	6	3	2	5	1	3	6	2	5	1	4	6	3	2	6	4
2	5	3	2	3	4	6	2	4	5	6	3	1	5	1	4	3	5
6	4	2	4	6	1	5	4	3	1	4	2	3	2	4	6	1	4
4	3	4	1	4	3	2	6	4	3	4	3	1	4	1	4	5	6
2	1	6	2	6	1	6	3	5	1	6	4	3	5	4	2	6	4
5	2	3	6	1	3	5	2	4	2	3	3	2	1	5	4	1	5
4	5	1	2	6	2	1	6	3	5	1	5	4	3	5	6	2	1
5	4	6	3	1	4	3	5	1	6	2	3	5	6	3	1	4	6
2	3	2	6	3	5	2	3	5	3	2	6	4	1	5	3	1	4

SOMMAIRE

LE LIVRET DONT TU ES LE HÉROS

à la fin du livre

COMMENT JOUER ?

Chaque mission est indépendante.
Il n'est pas indispensable d'avoir réussi une mission pour faire la suivante, mais, si tu les fais dans l'ordre, tu obtiendras des objets qui t'aideront, et tu comprendras mieux l'histoire.

DÉBUT DU JEU

Tu auras besoin **d'un crayon** et **d'une gomme** pour jouer. Lis le texte qui explique la mission. Puis tourne la page afin de découvrir le lieu de la mission, vu de l'extérieur.

Pour chaque mission, **un point de départ** est signalé sur l'image.
C'est là que tu commences.

DÉPART
1

Tous les paragraphes qui t'aideront à déambuler dans les différents lieux et à résoudre les missions se trouvent dans le livret, à la fin de ton livre.

ZONES ET PARAGRAPHES

Chaque zone est numérotée. **18**
Lorsque tu arrives sur une nouvelle zone, **lis le paragraphe correspondant à son numéro dans ton livret**. Il t'indique ce que tu peux faire ou les menaces présentes dans cette zone, et il peut te renvoyer vers d'autres paragraphes selon tes choix.

OUVRE L'ŒIL

Dans certains paragraphes, tu vas rencontrer ce signe : 🔍. Cela signifie que **tu dois chercher un détail, un objet, une inscription ou un personnage dans l'image**.
Si tu trouves cet élément, cela peut te permettre de gagner un bonus, de découvrir l'emplacement d'un indice important, ou d'accéder à une autre zone de l'image.
Si tu ne trouves pas l'élément indiqué, continue normalement ton aventure.

DÉPLACEMENTS

Lorsque tu as lu le paragraphe correspondant à ta zone, tu peux te **déplacer vers les zones indiquées par une flèche →**

18 Tu peux monter jusqu'à la cheminée →23
ou sauter sur le balcon →6.

Tu ne peux pas te rendre vers des zones qui ne sont pas indiquées dans ton paragraphe.

COMBATS MAGIQUES

Quand tu te bats, tu dois jouer un dé (ou utiliser ton tableau de dé en p. 2 de ce livre), auquel tu ajoutes ton niveau de magie selon le sort utilisé. Par exemple « ***Gla-Gla*** **4** » veut dire : tu lances Gla-Gla sur ton ennemi, jette un dé, ajoute ton niveau en « eau », tu dois faire 4 ou plus pour gagner.

TON GRIMOIRE DE SORTS

Pendant ta mission, tu as souvent l'occasion d'utiliser des sorts. Ils sont expliqués dans les pages dépliantes de ton livre, et te sont proposés au cours de tes missions, dans le livret.

Pour lancer un sort, tu dois avoir un niveau suffisant dans son élément.
Exemple : si tu lis « ***Doudouche*** », tu dois avoir au moins le niveau 2 en « eau » pour lancer ce sort.

OBJETS

Au cours de ta mission, tu vas **découvrir des objets**.
Ils sont indiqués par ce signe ✔.
Lorsque tu les trouves, tu peux les cocher dans ton livret.

Aile volante

Tu ne peux posséder qu'un seul objet de chaque sorte, et tu le gardes toujours, sauf s'il est précisé que tu le perds.
Dans ce cas, efface ta coche.

MENACES

Parfois, tu vas rencontrer des **pièges** ou des **ennemis**. Chacun t'enlève un certain nombre de vies. Certains objets te permettent de les neutraliser. Tu dois les affronter à chaque fois que tu passes sur leur emplacement, sauf si le contraire est indiqué.

FIN DE LA MISSION

Ta mission se termine si tu arrives à un paragraphe annonçant que c'est la **« FIN »**.
Plusieurs fins sont des échecs. Une ou plusieurs fins (selon les missions) sont des réussites.
Essaye de les découvrir toutes.

SORCELLERIE ACADÉMIE

Tu vis dans un monde où **LA MAGIE ET LE SURNATUREL** sont partout. **MAGES, FÉES ET CRÉATURES ÉTRANGES** cohabitent dans les grandes cités comme dans les régions sauvages, et même dans le ciel parcouru d'îles volantes.

Plus jeune membre d'une famille de **SORCIERS**, tu as hâte de savoir lancer **DE VRAIS SORTILÈGES**, comme ton grand frère et tes deux sœurs. Pour le moment, tu sais à peine faire quelques tours, pas très spectaculaires.

Voilà pourquoi aujourd'hui est un moment très important : tu vas entrer à **L'ACADÉMYST**, l'école de magie la plus prestigieuse. Tu rêves déjà d'apprendre les sorts de **L'EAU**, du **FEU**, de la **TERRE** et de **L'AIR**…

Ce que tu ignores, c'est que ce jour de rentrée te réserve des **ÉPREUVES** bien plus redoutables que des devoirs d'écriture sur grimoire ou la fabrication de potions aromatisées…

LE DESTIN DE L'ÉCOLE SERA BIENTÔT ENTRE TES MAINS !

MISSION 1

RENTRÉE ENSORCELÉE À L'ACADÉMYST

DÉCIDÉMENT, TA RENTRÉE COMMENCE MAL !

Tu as quitté hier ta maison familiale dans les îles des cinq vents, mais ton **GRIFFON-BUS** a été dévié par une tornade. Tu arrives **EN RETARD** à l'Académyst, et tu as peur de commencer ton année avec une **PUNITION**…

Tu t'approches en courant de ta nouvelle école, et tu aperçois soudain **DES FLAMMES DANS LA TOUR OUEST**. Un hurlement retentit dans le bâtiment.

QUE SE PASSE-T-IL DONC DERRIÈRE CES MURS ?

TU FONCES VERS L'ENTRÉE POUR PORTER SECOURS AUX ÉVENTUELS BLESSÉS…

Rendez-vous page 3 de ton livret

9
21
14
2
23
AKA
6
10
5
welcome
18

La GAZETTE de L'ACADÉMYST

Numéro de rentrée

BIENVENUE
aux élèves de Première année !

Tous les professeurs et les élèves des classes supérieures vous souhaitent bonheur et réussite ! À condition de travailler dur et de respecter le règlement.

ASTRONOMIE : cours reporté

L'option Astronomie est annulée pour le mois de septembre, car il manque une lentille au télescope. Les élèves ne sont pas autorisés à lancer de sort d'eau pour l'utiliser en attendant sa réparation.

NOS AMIS LES CRÉATURES

L'Académyst a un programme d'élevage d'animaux magiques, dans la volière située sur les toits et le vivarium qui donne sur la cour. Les élèves qui souhaitent adopter un familier doivent en faire la demande à Zo Olog, le professeur de Sorcellerie de la Vie et de la Terre.

RAPPEL PRODUIT

La potion 666 n'est pas conforme à la norme de l'Académyst, merci de la rapporter.

DEMANDE À MORV

La gardienne de l'école est là pour t'aider en cas de retard ou de problème.
Attention toutefois à ne pas la déranger pour rien, sinon elle est autorisée à te coller.

Travaux dans la chapelle de Jéthoulu

Le démon de la lecture est en mauvais état et l'escalier qui mène en haut de sa tour est effondré. L'accès à cette salle est **interdit** aux élèves en attendant les travaux.

16
19
DÉPART
1
24
M
26

CRAAA!
27
12
8
20
WC
HELL
Carl pu!
Olga je t'♡!
11
21

TON GRIMOIRE DE SORTS

AIR

Saut de poulet : dehors uniquement, tu volettes à trois mètres de haut.

Buée : tu projettes un nuage qui brouille la vue de l'adversaire.

Bol d'air : tu crées une bulle d'air pur autour de toi.

Chacaleine : tu souffles de l'air puant sur ton adversaire.

Tourbillouf : tu projettes une tornade qui déséquilibre l'ennemi.

FEU

39°5 : ton corps devient très chaud et fait fondre les objets mous.

Yeux de braise : ton regard fascine ton adversaire.

R-Bissid : un jet d'air brulant assèche les plantes.

Coup d'cho : tu envoies une vague de chaleur qui fait s'évanouir l'ennemi.

EAU

Gla-Gla : Tu crées une zone glacée.

Verre froid : tu crées une lentille de glace.

Extincteur : tu projettes un jet d'eau qui éteint un feu.

Kipcoul : tu restes calme dans un moment de stress.

Doudouche : tu projettes un puissant jet d'eau qui repousse l'ennemi.

Sabrille : tu projettes un jet d'eau qui nettoie tout.

TERRE

Taupe-là : tu agrandis un trou dans la pierre ou creuses un trou dans la terre.

Sables gluants : tu crées une zone gluante qui immobilise ton ennemi.

Masque d'argile : tu crées un masque qui te donne l'apparence d'une autre personne.

Boule de glaise : tu crées un bouchon d'argile qui ferme une ouverture.

Gadoue : tu enduis une zone de boue glissante.

Gravelotte : tu fais pleuvoir des petits cailloux sur ton ennemi.

CRAAA!
22
17
15
28
16 x 54 =
+-
7
étude
4
2
3
29
25
13
SVT
20
ZZZZZZ
30

MISSION ACCOMPLIE MISSION

TON ANNÉE À L'ACADÉMYST NE FAIT QUE COMMENCER...

Tu décides de travailler dur pour t'améliorer en magie, car tu te souviens des menaces proférées par Aja Majistra ! La magicienne du feu risque de revenir **POUR SE VENGER**. Tu passes donc beaucoup de temps au CDI à étudier les vieux grimoires.

Heureusement, les semaines passent et **TOUT SEMBLE PAISIBLE**. L'automne est là : le moment idéal pour une sortie dans la nature…

MAIS ZIG SEMBLE NERVEUX.
UNE NOUVELLE MENACE S'ANNONCE-T-ELLE ?

CONFIDENTIEL

MISSION 2

LE SOMMEIL DU TITAN

Depuis la rentrée, tu as travaillé pour améliorer un point faible.
Sur ta fiche de personnage, choisis un **ÉLÉMENT DU NIVEAU 1**
et **PASSE-LE AU NIVEAU 2.**

Au fil de tes passages au CDI, tu as découvert
dans le **GRIMOIRE DE GRIMLORE** l'un des nombreux secrets de l'Académyst.
Les bois qui l'entourent cachent en leurs profondeurs une arme puissante
et destructrice : **ROMPICHE, UN TITAN DE TERRE**.
Il dort dans les entrailles de la forêt et les professeurs
n'ont ordre de le réveiller qu'en cas d'attaque.
Mais l'éveil de Rompiche provoquerait alors **DES DÉSASTRES IRRÉPARABLES**.

À ton retour au CDI pour emprunter le précieux livre,
tu découvres qu'Aja Majistra t'a devancé : elle est en possession du secret !
La connaissant, elle est déjà en route pour **RÉVEILLER ROMPICHE**.

Dans le grimoire, tu as appris que la seule façon de le rendormir
est de **RÉUNIR LES QUATRE NOTES D'UNE PARTITION MAGIQUE**.
Ton cours de botanique magique a justement lieu à la lisière de la forêt,
fonce sans perdre une minute, **TU DOIS TROUVER CES QUATRE NOTES !**

BONNE CHANCE !

Rendez-vous page 9 de ton livret

3
23
30
50
40
29
17
41

GUIDE PRATIQUE DE LA FORÊT

LE CHAMP DES GLANÜRS

C'est le garde-manger de l'Académyst. Tous les légumes vont directement du producteur au consommateur. N'hésite pas à demander aux Glanürs une dégustation de leur herbicidre, c'est le meilleur de la région.

LA TOUR DE L'HORIZON

Va faire un tour à son sommet, le point de vue sur la canopée est à couper le souffle.

LE LAC ÉTOILÉ

Depuis toujours, les astronomes viennent des quatre coins du monde pour observer ce lac si particulier.

LES ARBRES FUNKY

Laisse-toi entrainer par leur musique envoutante. Même les licornes apprécient leurs mélopées.

LE ROCHER DU TROLL MOUSSU

La légende raconte qu'un troll bougon vint un jour s'installer ici pour ne plus jamais repartir.

SOUS LA TERRE

La curiosité est un vilain défaut ! On dit que des Scarabouses et des Nurlocs se cachent sous la forêt... Et sous la terre, personne ne t'entendra crier...

DÉPART
1
8
18
25
44
52
16
06
68
88
98
12
5
24

35
39
20
15
57
59
55

TON GRIMOIRE DE SORTS

AIR

Brise fluo : une multitude de couleurs viennent envahir ton champ visuel.

Pfuiiit : tu peux diriger un souffle précis vers une cible de ton choix.

Bol d'air : tu crées une bulle d'air pur autour de toi.

Oh rage ! : une bourrasque dévastatrice jaillit de ta paume.

Mach1 : un nuage te propulse de plusieurs mètres en l'air.

EAU

Vague de sel : un pic de sel tranchant comme du verre découpe en deux tes ennemis.

Bruime : une vague apaisante et réparatrice apparait.

FEU

Lance-flemme : tu t'endors et à ton réveil tout est calciné autour de toi.

Embrasier : une lumière éblouissante aveugle tes ennemis.

Cho-devant : une boule de feu dévaste tout sur son passage.

Ignafigé : l'eau s'évapore immédiatement à l'invocation de ce sortilège.

TERRE

Sismo : un léger tremblement de terre se fait ressentir autour de toi.

Brickz : un couloir de briques apparait te permettant de traverser sans encombre.

Golem : un colosse surgit de la terre et affronte tes ennemis.

Tompousse : une plante pousse pour te permettre de grimper ou descendre.

11
33
21
I
II
III
IV
27
13
45
6
16

MISSION ACCOMPLIE MISSION

En sortant des souterrains, **LES GLANÜRS T'ACCUEILLENT EN HÉROS** et te couvrent de victuailles. Morti Zane se trouve dans la foule et t'adresse un clin d'œil complice.

Mais alors que les arbres Funky entonnent un rock de tous les diables, une voix résonne au-dessus de vos têtes : **« NE VOUS RÉJOUISSEZ PAS TROP VITE ! JE SUIS BATTUE CE COUP-CI, MAIS JE REVIENDRAI. »**

Quels sombres projets Aja Majistra a-t-elle en tête ? Une chose est sûre : **ELLE TE TROUVERA TOUJOURS SUR SON CHEMIN !**

EN ROUTE POUR LA SUITE DES AVENTURES !

MISSION 3

LES CINQ VENTS DU VILLAGE VOLANT

C'EST NOËL, l'école ferme ses portes pour les vacances et tous les élèves rentrent dans leur famille. Tu as hâte de retrouver les tiens, qui vivent dans un incroyable village fait d'îles flottant dans le ciel.

Mais… quand tu arrives à destination, **HORREUR !** Les îles du village sont bousculées, chavirées par de monstrueuses **TEMPÊTES DE VENT**.

AJA MAJISTRA a bien compris que c'est toi qui lui mets des bâtons dans les roues, et elle a lâchement décidé de s'en prendre à tes proches en déréglant les **COURANTS CLIMATIQUES** de la région de façon à ce que cinq terribles vents ravagent ton village !

Sirocco, Mistral, Tempête de sable, Blizzard, et Méga-Zéphyr…
TU VAS DEVOIR LES CAPTURER.

Ton grand-père te confie son piège à vents ancestral, objet précieux entre tous dans ces îles fragiles, dans lequel tu pourras les emprisonner.

BONNE CHANCE !

Rendez-vous page 15 de ton livret

12
10
22
8
24

GUIDE PRATIQUE DES ÎLES VOLANTES

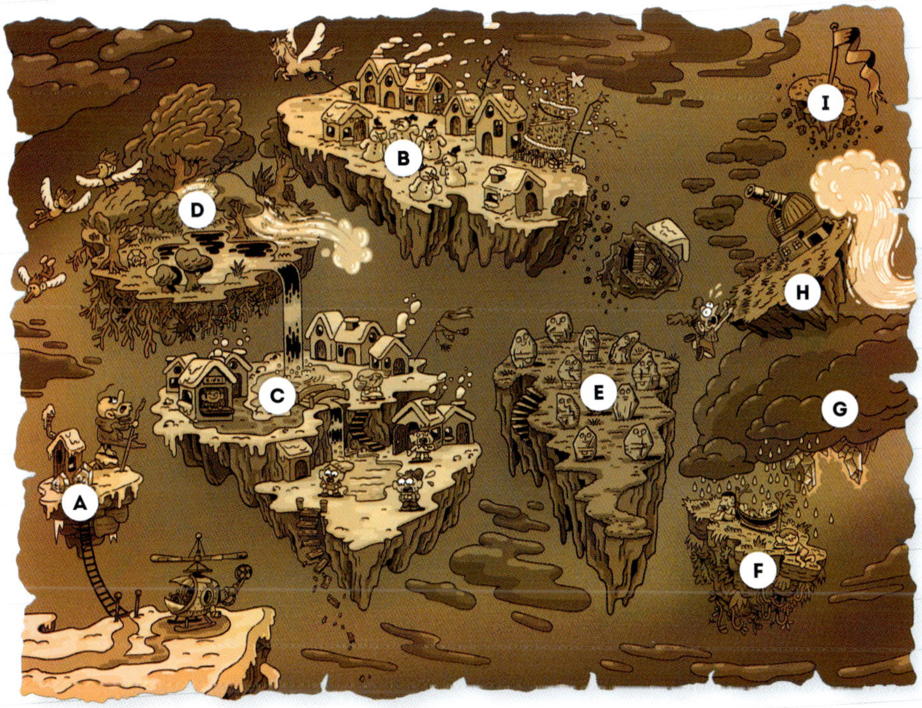

A. L'île du gardien : c'est ici que vit celui qui veille sur le village, mais la magie de Aja Majistra est trop forte pour lui !

B. L'île principale : c'est là que vivent la plupart des familles, dont la tienne.

C. L'île commerçante : s'y sont installés des marchands et des artisans.

D. L'île forestière : c'est la plus sauvage de toutes les îles.

E. L'île-sanctuaire : mieux vaut rester sur ses gardes, cette île est sacrée.

F. L'île des rêveurs : c'est l'île où vivent et dorment Psyché d'Elik et ses compagnons, capables de voyager à travers les songes.

G. L'île aux cristaux : dans cette île, Christalle cultive et taille les fameux cristaux de téléportation.

H. L'île de l'observatoire : les savants y observent le ciel au télescope.

I. L'île au drapeau : c'est l'île la plus élevée du village.

LES CRISTAUX

Disséminés dans le village se trouvent des **cristaux de téléportation**, utiles pour voyager d'île en île. Quand tu en trouveras un, on te proposera de l'observer sur l'image 🔍 : retourne alors ton livre pour savoir à quel paragraphe te rendre !

25
19
3
17
KINK!
23
29
13
20
DÉPART
1

9
27
5
21
11
15
7
30

TON FAMILIER

Zig a énormément grandi au début de l'hiver ! Il te fait gagner un nouveau bonus qui s'ajoute au précédent.

Si c'était un corbeau, il est devenu à présent un **hibou** et t'apporte + .

Si c'était un chat, c'est maintenant un **lynx** : + .

Si c'était un lézard, il a mué en **serpent** : + .

Et si c'était une grenouille, le voici transformé en **crapaud** : + .

TON GRIMOIRE DE SORTS

AIR

Saut de poulet : dehors uniquement, tu volettes à trois mètres de haut.

Buée : tu projettes un nuage qui brouille la vue de l'adversaire.

Equilibrium : tu gardes ton équilibre en toute circonstance.

Ami-ami : tu charmes l'individu à qui tu parles.

Cyclonax : tu te transformes en un puissant tourbillon d'air.

FEU

49°3 : tu fais chauffer la température autour de toi.

Double-vision : tu fais appel aux esprits du feu pour apprendre des secrets.

Tornado : tu te transformes en énorme boule de feu.

Yeux de braise : ton regard fascine ton adversaire.

Coup d'cho : tu envoies une vague de chaleur qui fait s'évanouir l'ennemi.

EAU

Bubulle : tu t'entoures d'une bulle d'eau protectrice.

Gla-Gla : Tu crées une zone glacée.

Kipcoul : tu restes calme dans un moment de stress.

Flique-flaque : tu te liquéfies pour pouvoir passer dans tous les endroits.

Déluge total : tu te transformes en pluie torrentielle.

TERRE

Toi-toi-mon-toit : tu crées un toit en terre pour s'abriter.

Main du golem : tu fais sortir une main géante du sol.

Sables gluants : tu crées une zone gluante qui immobilise ton ennemi.

Gravelotte : tu fais pleuvoir des petits cailloux sur ton ennemi.

16
26
2
14
18
4
28
6

MISSION

ACCOMPLIE

MISSION

Le village a **RETROUVÉ SON CALME**. Tu passes toutes les fêtes de fin d'année, avec l'aide des villageois, à réparer les dégâts causés par Aja Majistra. Tu ne lui pardonneras pas si facilement d'avoir **MIS EN DANGER TA FAMILLE** !

Aucun autre incident ne vient troubler le reste des vacances, mais **TU RESTES SUR TES GARDES**. À la rentrée, une ombre gâche la joie des retrouvailles avec les copains et les copines : tu sais qu'Aja est déjà certainement en train de préparer un autre sale coup, mais impossible de savoir **OÙ ET QUAND**... En tout cas, la **VIGILANCE** est de rigueur !

BON COURAGE POUR LA SUITE DES AVENTURES !

MISSION 4

LE TOURNOI DU LAC MAJIKAL

Chaque premier jour du printemps, **UNE GRANDE COMPÉTITION** est organisée par les professeurs pour déterminer quel élève de dernière année sera proclamé grand champion de l'Académyst.

C'est le **DERNIER EXAMEN** de leur scolarité et les sorciers de la promo **RÉVISENT DEPUIS DE LONGS MOIS** leurs formules et astiquent leurs balais en vue de cet évènement.

Tous les élèves y assistent dans une arène qui se dresse sur le **LAC MAJIKAL**, près de l'école.

Mais aujourd'hui quelque chose ne **TOURNE PAS ROND** : tous les prétendants au titre ont **L'AIR MALADE** et le spectacle est… catastrophique. Mène vite **L'ENQUÊTE** et trouve ce qui cloche !

BONNE CHANCE !

Rendez-vous page 21 de ton livret

25
39
52
43
9

LES INCONTOURNABLES DU TOURNOI

LES EAUX DU LAC

Plus bleues que bleues, le regard se perd dans tant d'azu... Mais... quelle est cette eau noirâtre aux vapeurs toxiques ?

LES VESTIAIRES

C'est la piste de décollage de nos vaillants champions. Attention aux entorses et aux blessures ! Un tournoi sponsorisé par le Baume du Dragon !

LA FAUNE ET LA FLORE

Les professeurs ont pour l'occasion placé des monstres un peu partout dans l'eau bleue. Poulpouilles géants et Pirahnanas au programme !

L'INFIRMERIE

Un nombre impressionnant de joueurs s'y retrouve aujourd'hui. Il s'agit même de... 100 % des candidats !

SOUS L'EAU

La barrière de corail protège les candidats des prédateurs rampants les plus massifs.

BREAKING NEWS

Nos sponsors nous annoncent que durant le prochain affrontement les confiseries et les boissons sont gratuites !!! Foncez !

4
22
49
38
10
29
45
12
DÉPART
1
54

5
56
57
41
23
N
O
E
S

TON GRIMOIRE DE SORTS

Air

Immobilis : tu figes tous les ennemis dans la pièce.

Bol d'air : tu crées une bulle d'air pur autour de toi.

Pfuiiit : un souffle précis que tu peux diriger vers une cible de ton choix.

Equilibrium : tu gardes ton équilibre en toute circonstance.

Mach1 : un nuage te propulse de plusieurs mètres en l'air.

Eau

Aquarius : une cage de verre emprisonne les ennemis.

Branchies : tu peux respirer sous l'eau quelques minutes.

Doudouche : tu projettes un puissant jet d'eau qui repousse l'ennemi.

Kipcoul : tu restes calme dans un moment de stress.

Feu

39°5 : ton corps devient très chaud et fait fondre les objets mous.

66°6 : un laser de feu tranche tout sur son passage.

Coup d'cho : tu envoies une vague de chaleur qui fait s'évanouir l'ennemi.

Terre

EhpuisZette : une pince géante te permet de saisir des choses.

Grosbill : tu multiplies ta taille par cinq (les objets que tu touches sont affectés).

Golem : un colosse surgit de la terre et affronte tes ennemis.

Torpedo : tu lances une puissante torpille de terre qui fait des dégâts.

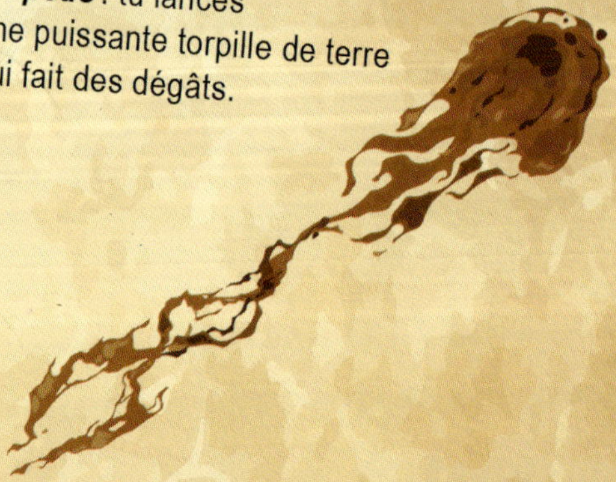

37
31
42
17
44
6
53

MISSION

ACCOMPLIE

MISSION

Ce premier soir du printemps est délicieux.
Le grand banquet organisé en l'honneur des élèves de dernière année prend place sous les étoiles, et **LE CHAMPION FANFARONNE** malgré les aigreurs d'estomac qu'il ressent encore.

Tout le monde a l'air de bien rigoler… mais l'inquiétude te ronge.
Aja et ses nombreux alliés ont **FAILLI GÂCHER LA FÊTE** une fois de plus et tu te demandes bien ce que les prochains mois te réserveront comme surprises. Enfin, pour le moment, **LE PIRE A ÉTÉ ÉVITÉ** et tu profites de la fête. Tu as bien le droit de **SOUFFLER UN PEU** et de déguster une soupe aux algues Pullus, LA spécialité du lac Majikal.

À TOI DE RÉUSSIR LE DERNIER CHAPITRE DE TA MISSION !

MISSION 5

LA KERMESSE ENFLAMMÉE

L'ANNÉE SE TERMINE.

Tu as hâte de partir en vacances ! Comme tous les ans, une grande **KERMESSE** est organisée par les élèves à l'Académyst. Tu te fais une joie de participer à cette **FÊTE**.

Mais tu as un **MAUVAIS PRESSENTIMENT**… Voilà plusieurs mois qu'Aja Majistra n'a plus donné signe de vie. Et si elle avait choisi ce moment pour **PRENDRE SA REVANCHE** ?

TU DÉCIDES D'OUVRIR L'ŒIL, AFIN DE L'ARRÊTER SI TON INTUITION ÉTAIT LA BONNE…

Rendez-vous page 27 de ton livret

11
3
28
24
2
18
10

LES SECRETS DE L'ACADÉMYST

Dewey, la responsable du Centre de Démonologie Infernal, te transmet ces informations qui peuvent t'aider à sauver l'école de magie !

SULFUR LE DRAGON

Cette créature redoutable a été charmée par Aja Majistra. Il existerait un moyen de rompre la magie qui l'oblige à servir la magicienne, mais seuls les arbres le possèdent…

LA ROUE HYPNOTIQUE

La roue infernale créée par Aja a le pouvoir de tromper même ceux qui ont percé à jour ses illusions. Pour l'empêcher de tourner, il faudrait utiliser un produit gluant tel que de la morve de troll.

LES SUCRES D'OGRE

Les confiseries maléfiques de l'ogre Sukkr sont trop dures pour être détruites, à moins d'être gelées par un outil de forgeron spécialement glacé à cet effet.

LA FLUTE DE TERRE

Grime le conteur connait l'emplacement d'un instrument capable de réveiller Rompiche le Titan en cas de menace sur l'école. Mais le lutin ne révèle pas facilement son secret : pour le découvrir, mieux vaut l'espionner depuis un lieu discret.

ATTENTION ! N'OUVRE PAS CES VOLETS
DÉPART
1
29
HELL
22
21
7
9
19
17

AVANT D'EN AVOIR L'INSTRUCTION.

TON FAMILIER

Ton familier Zig a encore grandi.

Si Zig était un hibou, il s'est transformé en **albatros** : il te fait gagner un niveau en .

S'il était un lynx, il devient un **puma** + .

S'il était un serpent, il devient un **varan** + .

Et si Zig était un crapaud, il devient un **dragonnet** + .

TON GRIMOIRE DE SORTS

AIR

Cyclonax : tu te transformes en un puissant tourbillon d'air.

Rikiki : un tourbillon te réduit à la taille d'une souris pour quelques minutes.

Regonfle : ce sort rend leur taille normale aux victimes d'un sort de réduction.

Bon Vent : tu siffles un air joyeux qui te donne de la chance et éloigne le mauvais sort.

Chant du Titan : un air de musique devient si puissant qu'il réveille le Titan Rompiche.

FEU

Kramtou : réduit en cendres un objet, même liquide, sans abimer ce qui est autour.

Double-vision : tu fais appel aux esprits du feu pour apprendre des secrets.

Insolation : les rayons du soleil font s'évanouir ta victime.

EAU

Blizzor : un vent glacial gèle et aveugle tes ennemis.

MégaDrache : une pluie torrentielle tombe sur toute une zone.

Sangelé : le sang de ta victime gèle pendant un instant, ce qui la paralyse.

Ferfroid : tu gèles tous les objets en métal, obligeant ton adversaire à les lâcher.

Bruime : une vague apaisante et réparatrice apparait.

TERRE

Froidepierre : tu crées un mur de pierre qui arrête le feu.

Statuerie : ton ennemi est transformé en pierre pendant plusieurs minutes.

Tompousse : une plante pousse pour te permettre de grimper ou de descendre.

Gravelotte : tu fais pleuvoir des petits cailloux sur ton ennemi.

W.C.
20
13
15
27
5

MISSION

ACCOMPLIE

MISSION

TA PREMIÈRE ANNÉE SCOLAIRE À L'ACADÉMYST EST FINIE !

Elle a été bien remplie, et tu as affronté des périls que tu n'aurais jamais imaginés. Mais tout se termine bien, et c'est grâce à toi.
La maléfique **AJA MAJISTRA A ÉTÉ SÉVÈREMENT PUNIE** pour ses crimes, et elle va passer son été à utiliser ses pouvoirs… pour réparer tous les dégâts causés à l'école.

Quant à toi, tu peux enfin **SAVOURER TES VACANCES** en toute tranquillité ! Mais tu sais déjà que l'année prochaine sera difficile, car tu devras affronter… tous tes fans ! Eh oui, te voilà très populaire dans ton école.

FÉLICITATIONS !

BRAVO :

tu as triomphé de toute cette aventure. Mais tu peux la rejouer, car il existe plusieurs façons de remporter chaque mission. Et tu peux même tenter le niveau « expert » pour **RENDRE LE DÉFI PLUS DIFFICILE** !

LE LIVRET
DONT TU ES LE HÉROS
SORCELLERIE ACADÉMIE

TON DOSSIER D'ÉLÈVE EN SORCELLERIE

Garde cette feuille pour tes 5 missions et note dessus ta progression en magie.

ARTS MAGIQUES

Au début du jeu, coche une case dans **une seule** de ces matières.
Quand tu ajoutes un niveau, coche une nouvelle case. Au cours de toute l'aventure, tu ne peux pas dépasser le niveau 5.
Les sorts sont expliqués sur les volets de chaque mission.

FEU ○ ○ ○ ○ ○	AIR ○ ○ ○ ○ ○
EAU ○ ○ ○ ○ ○	TERRE ○ ○ ○ ○ ○

TON FAMILIER

Pendant la première mission, tu peux trouver un « familier », un animal qui t'aidera. Il te donne **un niveau** dans un des quatre arts magiques. Note-le sur ta fiche. Ton familier se transformera par la suite. Tu gagneras alors un nouveau niveau en magie, tout en conservant ceux qu'il t'a déjà apportés.
Important : tu ne peux avoir qu'un seul familier à la fois.

TES CARTES MOKÉPONE

Tu peux trouver des cartes “Moképone” imprimées avec des encres magiques. Elles ajoutent une seule fois un bonus de magie au moment de lancer un sort. Par exemple, si tu as un niveau 1 en , tu peux tout de même lancer un sort de niveau en utilisant ta carte Moképone . Ou bien tu peux utiliser ta carte Moképone en combat, pour ajouter 1 au dé d'un sort . Décide alors si tu utilises ta carte **avant** de lancer le dé.
Tu dois effacer ta carte Moképone quand tu l'as utilisée.
La carte Moképone **Or** donne un bonus dans le domaine de ton choix.

MISSION 1

RENTRÉE ENSORCELÉE À L'ACADÉMYST

TES VIES

Coche une case quand tu perds une vie. Efface une coche si tu gagnes une vie.
Si tu perds toutes tes vies, ta mission a échoué : efface et recommence au départ.

Niveau expert : tu commences avec 4 (coches-en deux dès le départ).

TON SAC À DOS

Coche les objets que tu trouves ✔. Efface quand tu recommences une partie.

- Bulletin d'Aja
- Clé de cristal
- Crotte de nez d'Aja
- Dispense de cours
- Lentille brisée
- Livre de Contes
- Livre végétal
- Livre d'exercices
- Monocle
- Mucus
- Pièce de Vincentim
- Sauce Givrée
- Sauce Touflam
- Stylo efface-sorts
- Tome de Braise
- Tome de Glaise
- Tome des Flots
- Tome des Vents

TES CARTES MOKÉPONE

DÉPART

1 Tu vois de la fumée qui sort de la tour. Si tu entres par le bureau de la gardienne Morv →5. Si tu as un point en Air ou en Terre, tu peux lancer un sort : choisis ***Saut de poulet*** pour sauter jusqu'à la fenêtre de la tour →49, ***Taupe-là*** pour élargir la fenêtre du bas et y entrer →23.

2 Tu es au premier étage. Tu peux aller en salle d'Éprof →6, en classe →7, en étude →4, au 2e étage →21, sur la terrasse →19 ou au hall d'entrée →13.

3 Tu es dans la salle de Sorcellerie de la Vie et de la Terre. Si c'est ta première visite ici →53. Sinon, sors dans le hall →13, la salle de potions →29 ou la serre →25. Pour descendre dans les égouts puants, lance ***Bol d'air*** →30.

4 Tu es dans la salle d'étude. La surveillante te donne un livre d'exercices ✔ à compléter. Si tu n'as pas de familier pour t'aider, tu attrapes mal au crâne. La cloche sonne et tu sors enfin →2.

5 Avant que tu dises un mot, Morv la gardienne t'englue au plafond : « Une heure de colle ! Ça t'apprendra à être à l'heure ! » Pour te décoller, jette ***39°5*** et la glu fond ; ou ***Gla-Gla*** et elle gèle. Sinon, tu t'épuises. Va sur le toit →24.

6 Dans la salle d'Éprof, des Mages-enseignants se reposent. Si Zig est malade, avec une pièce de Vincentim, tu peux lui acheter un k-fée : récupère son bonus de magie. Tu peux crier : « Aja a volé des grimoires ! » →59, demander la dispense de cours →44 ou sortir →2.

7 Tu arrives au cours de Mathémagie de madame Pi. Trouve le prochain numéro de la série : 1, 2, 3, 5, 8, 13, 21, 34… Va à ce numéro. Sinon, Pi t'envoie en étude →4.

8 Baf et Gnon, deux 5e année, rackettent un petit. Lance leur ***Gravelotte*** ou ***Doudouche*** pour les faire partir →32. Ou demande à Zig de les attaquer →51. Si tu préfères éviter le combat →11.

9 La tour est pleine de fumée ! Lance ***Bol d'air*** pour fouiller la pièce →58. Ou bien ressors sur la terrasse →19.

10 La cantine est vide. Mais tu trouves un petit pot : remplis-le de sauce Touflam ✔ ou de sauce Givrée ✔. Tu peux ensuite aller dans le hall →13.

11 De la cour, tu peux aller aux WC →20, dans l'école →13, vers trois élèves dans un coin sombre → 8, ou dans le vivarium si tu as la clé de cristal →26. Ou tu peux lancer ***Saut de poulet*** pour bondir à l'étage →6. Ou, si tu as un familier, il peut fouiller le bassin. Si c'est un chat ou un lézard →54, sinon →34.

12 Au-dessus de toi, tu vois deux gargouilles menaçantes. Tu peux entrer dans le bâtiment central →15, dans la tour rouge →28, ou monter l'escalier en colimaçon →42.

13 Tim le Pion surveille le hall de l'école. Si tu n'as pas de dispense de cours, il te lance un Avertissement et te dit d'aller voir le CPE dans sa grotte →18. Si tu as cette dispense, tu peux aller vers le premier étage →2, vers la cour →11, en salle de SVT →3 ou de potions →29, ou dans la cantine →10.

14

Dans le CDI, le *Centre de Démonologie Infernal*, l'étagère des livres dangereux est en feu ! La biblio-mage, Dewey, te dit : « J'ai surpris une élève de 7e année, Aja Majistra, en train de voler des livres de magie interdite. Elle m'a jeté une boule de feu ! » Tu l'aides à se soigner, puis tu cours pour arrêter la voleuse. Dewey te donne des recommandations : « Tu auras besoin de livres qui ne sont pas ici pour t'aider ! N'affronte pas Aja avant d'en avoir au moins trois ! » Tu peux aller sur le palier →2, monter vers la tour ouest → 9. Si tu descends par l'escalier enfumé, tu arrives dans la cour →11 ou dans la cantine →10.

15

Tu es dans le bureau du prince Sipal, le directeur de l'Académyst.
Il est occupé à trier des papiers. Tu ne passeras pas sans qu'il te remarque…
Masque d'argile : avec un masque de lutin, tu lui proposes ton aide →35.
Yeux de braise : tu bluffes en disant que tu viens de la part d'Aja Majistra →56.
Sinon, il se tourne vers toi, et tu lui dis : « Il faut arrêter Aja Majistra ! » →46.

16

Dès ton entrée dans la volière, un basilic te souffle son haleine empoisonnée. ***Bol d'air*** te permet de respirer. Sinon .
Un chat est entré dans la cage, il se bat avec un corbeau ! Tu les sépares, et tous deux veulent te suivre. Tu peux en adopter un si tu n'as pas déjà un familier. Tu le nommes Zig ! Si tu choisis le chat, il te fait gagner , si tu prends le corbeau, il te donne . Note-le sur ta fiche, puis sors →19.

17

Grime le conteur n'aime pas être dérangé, il t'attaque. Lance ***Chacaleine*** **4**, ou ***Sables gluants*** **4**. Si tu perds →21. Si tu gagnes, tu en profites pour lui prendre son Livre de Contes ✓ : c'est un manuel de comptabilité ! Puis tu sors →21 ou →15.

18

Tu es dans la grotte du CPE, le Cyclope Principal d'Éducation. Il n'est pas content ! Tu peux tenter ***Kipcoul*** pour le calmer →48. Sinon tu te bats : ***Sables gluants*** **4** ou ***Buée*** **4**. Si tu ne peux jeter aucun sort : **6**.
Si tu gagnes, tu peux lui prendre son monocle ✓. Si tu perds . Puis →48.

19

D'ici, tu domines toute l'école. Tu peux aller dans la tour d'où sort la fumée → 9, entrer par la porte rouge →15, ou descendre au premier étage →2. Si tu as du mucus, tu peux t'en enduire et te glisser dans la volière →16.

20

Dans les WC, tu lis le livre que tu as trouvé. Gagne un point de magie ! Tu ne peux le faire qu'une fois. Ton bonus dépend de ton « Tome ». De Braise : + ; de Glaise : + ; des Flots : + ; des Vents : + .
Ensuite, va dans la cour →11. Ou lance ***Sabrille*** pour nettoyer le tuyau, et descends dans les égouts →30.

21

Tu es sur le palier du 2e étage. Tu peux prendre une minuscule porte sur laquelle est écrit « Grime le conteur » →17 ou bien une porte dorée qui indique « Prince Sipal, ne pas déranger » →15. Tu peux aussi descendre →2.

22 Aja Majistra est en train de lire le Tome « Tomé-NaNah ». Elle crie : « Pas moyen d'être tranquille dans cette école ! » Votre combat de magie commence. Aja a 5, - 2 si tu as la *lentille brisée*, et - 1 si tu as son *bulletin d'Aja*. Pour Aja, jette un dé **+2**. Pour toi, jette un dé **+ ton niveau** dans un domaine de magie. Le plus bas perd. En cas d'égalité, personne ne perd. Si tu as la crotte de nez d'Aja, ça la déconcentre, elle doit relancer le dé quand elle fait 6. Si tu as le stylo efface-sorts, utilise-le une fois pour relancer ton dé. Chaque carte Moképone ajoute +1 à un seul jet de dé dans son élément. Le combat finit quand Aja tombe à 1 vie → 60, ou si tu tombes à 0 vie →50.

23 Tu tombes nez à nez avec une élève qui descend, les bras chargés de livres. Elle te bouscule et lâche deux grimoires : tu peux ramasser le Tome des Vents ✔ ou bien le Tome des Flots ✔. De la fumée sort du CDI, tu montes voir ce qui se passe →14.

24 Sur le toit, tu trouves des livres tombés par la fenêtre du CDI. Tu peux en choisir un : le Tome des Vents ✔ ou le Tome de Glaise ✔ Tu réussis à entrer →14.

25 Des légumes magiques poussent ici ! Et un *Rutabagarou* t'attaque. Repousse-le avec de la sauce Touflam, ou jette-lui ***R-Bissid*** **3**. Si tu réussis à le vaincre →31. Sinon et tu sautes dans la cour →11.

26 Ce vivarium est plein de bêtes étranges. Le dragonneau te lance des flammes ! Lance ***Extincteur*** ou perds. Deux animaux veulent te suivre. Choisis-en un comme familier. Le lézard te donne ou la grenouille. Tu le nommes Zig. Note-le sur ta fiche, puis sors →11.

27 Une lunette astronomique est en haut de la tourelle. Hélas, il lui manque une lentille. Si tu as le monocle ou si tu jettes ***Verre froid***, tu réussis à la réparer →36. Sinon tu descends en évitant les gargouilles →12.

28 Cette chapelle contient une statue de Jéthoulu, démon de la lecture, qui lit « 1001 pièges mortels ». Sur sa tête, un escalier monte vers le donjon. Si tu grimpes sur la statue →33. Si tu envoies Zig l'inspecter →41. Si tu ressors →12.

29 Dans la marmite, une potion mijote… Si tu la goutes →43. Si tu en donnes à ton familier →52. Sinon, sors dans le hall →13 ou vers la salle de SVT →3.

30 Tu t'enfonces dans les égouts, berk ! Un objet brille… Si tu plonges la main dans la boue pour le prendre →57. Tu peux sortir par les WC →20, par la grotte du CPE →18, ou par la salle de SVT →3.

31 Parmi les plantes pousse l'arbre à livres. Tu cueilles un de ses fruits : Livre végétal ✔. Tu sors ensuite dans la cour →11.

32 Ton sort fait fuir les racketteurs ! Leur victime, Rudy Ni, te met en garde : « Aja Majistra est dangereuse ! Prends ça pour contrer ses attaques. » Il te donne un stylo efface-sorts ✔ →11.

33 À peine as-tu touché la pierre qu'un mécanisme se déclenche ! La statue te donne un coup de livre qui te met hors de combat. Hélas, c'est la FIN de cette mission.

34 Zig farfouille dans l'eau boueuse et te remonte une carte Moképone Feu ✔→11.

35 Tu trouves le bulletin d'Aja Majistra ✓ ! Elle est douée en feu, mais critiquée pour son attitude. C'est aussi la nièce du prince ! Tu vas sur le palier →21, dans le bureau de Grime le conteur →17 ou sur le toit →12.

36 Avec la lunette, tu repères Aja Majistra en haut du donjon, plongée dans un grimoire. Tu peux lui envoyer un sort, si tu as assez de magie. Choisis ***Coup d'cho*** →39, ou ***Tourbillouf*** →45. Si tu ne peux pas lancer ces sorts, mais que tu as Zig, il peut aller espionner Aja →40. Sinon tu redescends →12.

37 Tu grimpes sur la statue. Mais il manque des marches pour accéder à la trappe du dernier étage. Si tu as trois « Livres » ou « Tomes », tu peux les empiler et monter →22. Sinon tu dois repartir →12.

38 Le Blob est neutralisé ! Zo Olog te remercie en t'offrant une clé de cristal ✓ qui ouvre le vivarium →3.

39 Tu envoies le rayon brulant sur Aja. Mais elle est experte en magie du feu, et te renvoie le sort. Tu tombes de la tour →12.

40 Zig bondit vers la fenêtre de la tour. Il revient avec une crotte de nez d'Aja ✓, qui la déstabilisera si tu lui montres. Tu redescends en évitant les gargouilles →12.

41 La statue abat son livre de pierre sur Zig. Lance ***Taupe-là*** pour creuser un trou où il se réfugie ou ***Saut de poulet*** pour qu'il esquive le choc ; sinon Zig est assommé jusqu'à la fin de cette mission, et tu perds son bonus de magie. Dans tous les cas →37.

42 Quand tu passes sous les gargouilles, l'une crache du feu et l'autre de la grêle ! Bouche-les avec ***Boule de glaise***. Sinon, il te faut deux sorts pour les contrer : ***Extincteur*** éteint le feu, sinon . ***39,5*** fond la grêle, sinon . Tu arrives ensuite en haut, à l'observatoire →27.

43 Tu avales un peu du breuvage et tu te sens plus en forme ! Tu effaces une blessure, +1 *(tu ne peux faire cela qu'une fois)*. Sors dans le hall →13 ou la salle de SVT →3.

44 Jette ***Yeux de braise*** ou ***Kipcoul*** pour convaincre les professeurs de te donner la dispense de cours ✓. Sinon, ils te disent de la demander au CPE, à la cave → 6.

45 Tu projettes un puissant courant d'air vers Aja, qui tombe. Bien joué ! Le sort est si fort qu'il casse la lunette : récupère sa lentille brisée ✓ et tu redescends →12.

46 Tu alertes Sipal sur les méfaits d'Aja, mais il répond : « C'est ma nièce ! Personne ne doit l'embêter ! » Il t'attaque. Lance ***Gla-Gla*** **4**. Si tu réussis, tu le gèles et tu fuis→21. Sinon, le prince te lance un sort de Renvoi : c'est la FIN de ton année scolaire !

47 Tu immobilises le professeur, et il laisse partir le Blob. Tu ramasses un peu de mucus ✓ sur le sol →3.

48 La colère du géant finit par retomber. Il te donne une dispense de cours ✓. Tu montes dans la cour →11 ou le hall →13. Ou tu lances ***R-Bissid*** pour bruler les racines et descendre dans les égouts →30.

49 Tu arrives dans une pièce pleine de livres. L'étagère devant toi est en feu ! Tu peux sauver un livre des flammes : choisis le Tome de Glaise ✓ ou le Tome de Braise ✓ →14.

50 Hélas, Aja Majistra est plus forte que toi. Elle te ratatine à coups de boules de feu ! Cette fois, c'est vraiment la FIN.

51 En voyant Zig, les deux grands sont morts de rire. Leurs familiers, un pitbull et un vautour, le font fuir. Tu perds Zig. Efface le niveau de magie qu'il te donnait. Retourne chercher un familier, mais tu devras choisir un autre type d'animal →11.

52 Zig avale un ingrédient qui l'étouffe ! Il recrache une pièce de Vincentim ✓ et perd connaissance. Tant qu'il ne sera pas guéri, tu ne peux plus faire appel à lui, et tu perds le bonus de magie qu'il te donnait. Sors dans le hall →13 ou la salle de SVT →3.

53 Le professeur Zo Olog est en train de se battre contre un Blob évadé de son bocal. Tu peux aider Zo en lançant sur le monstre ***Chacaleine*** ou ***Gadoue*** →38, ou bien aider le Blob à s'échapper grâce à ***Gla-Gla*** ou ***Yeux de braise*** →47.

54 Zig déteste l'eau ! Il vomit une pièce de Vincentim ✓ et s'évanouit. Tant qu'il ne sera pas guéri, tu ne peux plus faire appel à lui, et tu perds le bonus de magie qu'il te donnait. Tu repars dans la cour →11.

55 Bravo : il fallait additionner les deux nombres précédents. Madame Pi te donne une carte Moképone Or ✓. Tu sors →2.

56 Le prince te dit : « Ma nièce est ton amie ? Prend ça ! » Il t'offre une carte Moképone Air ✓. Va sur le palier →21, dans le bureau de Grime le conteur →17 ou sur le toit est →12.

57 Tu découvres une carte Moképone Terre ✓. Tu peux sortir par les toilettes →20, dans la grotte →18 ou la salle de SVT →3.

58 La fumée disparait, et tu aperçois par terre une carte Moképone Eau ✓. Tu sors →19.

59 La prof de Feu, Sho Devan, te lance un Regard Enflammé pour te faire taire. Lance ***Bol d'air*** : tu respires un grand coup et tu lui tiens tête. Sinon → 6.

60 Aja te lance des boules de feu… mais tu réussis à les esquiver ! Tu contre-attaques avec tes sortilèges les plus inattendus. La championne maléfique se retrouve presque KO !
Elle te crie : « Tu gagnes… pour cette fois ! On se retrouvera. » Et elle lance un sortilège de Disparition ! Elle s'est téléportée très loin d'ici. Depuis la terrasse, toute l'école a assisté à ton combat. Élèves et professeurs te portent en triomphe.

TU AS SAUVÉ L'ACADÉMYST, TA MISSION EST RÉUSSIE ! BRAVO.

MISSION 2

LE SOMMEIL DU TITAN

TES VIES

Coche une case quand tu perds une vie. Efface une coche si tu gagnes une vie.
Si tu perds toutes tes vies, ta mission a échoué : efface et recommence au départ.

Niveau expert : tu commences avec 4 (coches-en deux dès le départ).

TON SAC À DOS

- Bouteille pleine
- Bouteille vide
- Carte du ciel
- Champignon
- Coriandre mauve
- Crin de cheval
- Glyphe
- Grappin
- Herbicidre
- Lys hilarant
- Persil
- Note *pause*
- Note *motus*
- Note *chut*
- Note *hush*
- Note *soupir*

TES CARTES MOKÉPONE

DÉPART 1

À l'orée de la forêt, le cours de botanique magique débute. Tu quittes discrètement le groupe d'élèves pour aller chercher les notes de musique qui peuvent endormir le Titan. Tu peux te diriger vers le champ des Glanürs →25, la chaumière de Morti Zane →8 ou vers la carrière de Kobalt →44.

2

Après une longue réflexion, tu pars vers le deuxième réservoir. Il se remplit et te permet de prendre une carte Moképone Eau ✓. Les accès aux autres réservoirs sont effectivement tous bouchés →27.

3

Tu pénètres dans une salle remplie du sol au plafond de nourriture. Le croupier te tend ton gain : de la coriandre mauve ✓. Tu vas au bar →40 ou au tripot →23.

4

La licorne se laisse approcher et te suit de ses doux yeux. Si tu as des champignons →7, sinon elle s'éloigne de toi →24.

5

Tu regardes l'eau du lac : le reflet du ciel montre les étoiles, en plein jour ! Si tu as la carte du ciel →58. Tu peux plonger dans le lac →48, aller au bois de Boisbaguette →24 ou à la cascade →12.

6

Les statues représentent les héros de l'histoire de l'Académyst. Elles paraissent vivantes… Si vivantes qu'elles s'animent et t'attaquent ! Jette ***Oh rage !*** **4**. Si tu gagnes, tu peux passer →16. Si tu perds 💔, tu fuis →27.

7

La licorne avale goulument les champignons que tu lui offres. Elle se laisse alors caresser. Tu en profites pour récupérer du crin de cheval ✓ →24.

8

Morti Zane, une sorcière aussi vieille que la forêt, sourit de ses trois dents en te voyant sur le seuil de sa chaumière et t'offre un lys hilarant ✓ en guise de bienvenue. Gagne 1♥ (une seule fois). Si tu as la coriandre mauve →32. Sinon, va vers le rocher du Troll moussu →18 ou la carrière de Kobalt →44.

9

La vue sur la forêt est grandiose. Tout en haut de la tour, tu trouves une carte du ciel ✓. Redescends →20.

10

Bravo ! Tu as trouvé le bon chiffre. Gagne un niveau de magie de ton choix →27.

11

Dans cette pièce, des chuchotements résonnent dans ta tête, et se transforment en paroles : « La maladie nous ronge. Seule l'eau de la Paluche nous guérira ! » Va à la chambre des ossements →21.

12

Tu fais une pause pour boire à la cascade. Tu aperçois un étrange sigle gravé dans la roche. Si tu as le glyphe, tu passes à travers la cascade vers le souterrain →29. Sinon va au village →52 ou au lac →5.

13

Tu aperçois ton image se reflétant à l'infini dans la salle des miroirs. Une grille est tracée sur le sol. Une voix résonne dans ta tête : « Quel est le nombre de la case rouge ? » Si tu trouves, rends-toi au paragraphe correspondant. Sinon →27.

14

Zig ressort du puits, satisfait. Tu le suis à l'intérieur du boyau. Il t'indique les prises pour arriver en bas sans encombre →33.

15

Le jardinier qui a taillé ces bosquets devait être un mage noir. Ces créatures végétales sont vraiment horribles… et t'attaquent ! Lance ***Embrasier*** 4 ou ***Mach1*** 5 pour les vaincre. Si tu perds . Continue vers les Pinpongues hurleurs →57 ou le bosquet des Murmures →39.

16

Cette plateforme domine un gouffre où repose le gigantesque Titan endormi, Rompiche. Tout à coup, son souffle s'accélère, sa paupière se relève… Son œil rouge roule vers toi et te fixe. La terre tremble ! Si tu as quatre notes →60. Sinon un rocher tombe vers toi : ***Brickz*** ou . Tu cours vers la pièce des statues →6 ou vers la tanière du Nurloc →45.

17

Les racines de tous les arbres de la forêt se rejoignent dans cette salle. Tu vois que certaines sont noires et malades. Si tu as une bouteille pleine ou que tu lances ***Bruime*** →34, sinon va vers le lagon →41 ou la salle des spores →29.

18

Tu es au rocher du Troll Moussu. Tu jurerais que sa tête a bougé ! Si tu l'observes de plus près →43. Tu peux aussi aller vers le bosquet des Murmures →39, vers la carrière de Kobalt →44 ou chez Morti Zane →8.

19

Regarde bien les numéros de places de parking, quitte à faire le poirier. Devine le chiffre qui se trouve sous la pelleteuse. Retranche-lui 50. Rends-toi au paragraphe avec ce numéro. Si tu ne trouves pas →44.

20

Une tour majestueuse se dresse devant toi. Tu peux aller en haut pour observer la forêt →9, descendre dans le sous-sol de la tour →27, aller vers le puits →35, lancer un grappin ou ***Tompousse*** pour rejoindre le rocher de la Paluche →55 ou nager dans la rivière jusqu'au village des Glanürs →52.

21

Un squelette est assis dans cette salle. Soudain une nuée de Noctules sauvages t'attaquent ! Lance ***Golem*** 4 ou ***Embrasier*** 5. Si tu échoues . Si tu gagnes, tu pourras repasser ici sans combattre. Tu sors en courant de cet enfer, vers la tanière du Nurloc →45, le fond du puits →33 ou la salle des racines chuchoteuses →11.

22

Une douce chaleur inonde ton corps. Récupère (une seule fois) →55.

23

Tu entres dans la salle de jeux. Les Glanürs te regardent bizarrement. Dans le fond de la salle, tu repères une porte blindée. Des Glanürs costauds surveillent les joueurs. Si tu joues aux dés →47. Tu peux aussi descendre au bar →40 ou monter vers le village des Glanürs →52.

24

Tu traverses un bois très dense. L'écorce des arbres brille vivement, éclairant une licorne endormie. Si tu l'approches →4. Tu peux aussi continuer vers les arbres Funky →59 ou vers le lac étoilé →5.

25

Les Glanürs s'occupent du potager de l'Académyst. Ils récoltent les légumes pour la cantosh. Si tu les aides →46, sinon va au village →52 ou à la carrière →44.

26 Tu peux rejouer en utilisant une carte Moképone →47 ou aller au bar →40.

27 Te voilà devant le système de climatisation des souterrains. Tu peux observer la machine qui ronronne →56, te diriger vers la pièce des statues →6, vers la salle des miroirs →13 ou remonter vers la forêt →20.

28 « Le Troll moussu ! C'est lui qui a la clef pour passer à travers la cascade. Mais il a horreur des blagues ! » Va vers le tripot →23 ou remonte vers le village →52.

29 La caverne contient des champignons ✔. Tu peux sortir en traversant la cascade →12, descendre au lagon →41 ou traverser vers la salle des racines →17.

30 Tu arrives devant un pont suspendu. D'immenses scarabées fuchsia s'éveillent à ton approche. Ces Scarabousses t'attaquent ! ***Lance-flemme*** 4 ou ***Vague de sel*** 4. Si tu perds →50. Si tu gagnes, tu t'avances sur le pont →54.

31 Un des costauds dans ton dos remarque ton manège et te donne un coup de poing sur la tête. Il te raccompagne poliment mais fermement jusqu'au champ Glanür →25.

32 Morti Zane te prépare une infusion en te remerciant pour ton ingrédient. « Un terrible chamboulement se prépare. Je suis trop vieille pour t'accompagner, mais je te confie mon bien le plus précieux », dit-elle en te tendant un parchemin : une note *soupir* ✔ →42.

33 Zo Olog, le professeur de Sorcellerie de la Vie et de la Terre, git à moitié assommé au fond du puits. Il murmure : « Le prince Sipal a révélé les secrets du Titan à Aja Majistra. Il faut l'arrêter. » Il te tend une carte Moképone Terre ✔. Fonce vers la chambre des ossements →21 ou accroche-toi à une branche pour remonter vers l'extérieur→35.

34 L'eau magique guérit les racines qui se mettent à vibrer à l'unisson. Un parchemin apparait : une note *motus* ✔ →42.

35 Le puits semble sans fin. Tu peux tenter de descendre avec le grappin →33, ou envoyer Zig en éclaireur →14. Sinon, va vers la tour de l'Horizon →20 ou le bosquet des Murmures →39.

36 Le groupe enfin au complet, les arbres Funky entament une longue mélopée un peu triste. Un parchemin apparait à tes pieds : une note *hush* ✔ →42.

37 Coincée sous une roue de la pelleteuse, tu trouves une carte Moképone Or ✔→44.

38 Le croupier a l'air embêté. Il ouvre la porte blindée, et te demande de le suivre →3.

39 Tu entends d'horribles voix démoniaques à travers le bosquet. Si tu as du persil, tu bouches tes oreilles, sinon tu perds . Continue ta route vers les Nouarbres →15, le puits →35 ou le rocher du Troll →18.

40 Tu arrives dans le bar à cidre.Tu récupères une bouteille vide ✓. Des Glanürs sont attablés, ainsi que Baf et Gnon, des élèves de cinquième année. Si tu t'approches d'eux pour écouter leur conversation →28, tu peux aussi monter vers le tripot →23 ou vers le village →52.

41 La respiration du Titan provoque des vagues géantes dans les eaux du lagon ! ***Brickz*** ou ***Ignafigé*** sinon . Tu peux monter vers la salle des spores →29 ou vers la salle des racines →17.

42 Un éclair de lumière jaillit du parchemin où est inscrite la note. Si tu as les quatre notes tes pieds se soulèvent du sol →16. Sinon, choisis un endroit au soleil dans la forêt où réapparaitre et rends-toi au paragraphe correspondant.

43 Le troll te parle : « Mon nom est Ozathe et je m'ennuie depuis une éternité. » Lance-lui ***Sismo*** ou ***Brise fluo*** pour le divertir →49 ou raconte-lui une blague

44 Les mineurs Krachpeks te jettent un regard noir. Si tu as du lys hilarant, tu les fais rire et ils te laissent visiter la mine →50. Sinon, va au parking →19, au rocher du Troll →18, à la chaumière de Morti Zane →8, au village des Glanürs →52 ou au champ →25.

45 Une odeur pestilentielle envahit tes narines. Tu es dans la tanière du Nurloc, le ver de terre géant ! Repousse le avec ***Cho-devant*** ou ***Oh rage !*** . Si tu ne peux pas jeter ces sorts . Que tu gagnes ou que tu perdes, tu peux continuer ta route →16 ou →21. Tu pourras repasser ici sans combattre.

46 « Merci à toi ! C'est rare qu'un élève nous aide. Pour te remercier, voici une bouteille d'herbicidre ✓. » Va au village →52.

47 Tu peux forcer la chance en lançant ***Pfuiiit*** →31. Sinon **10**. Si tu gagnes, le croupier t'accompagne derrière la porte blindée →3. Si tu perds →26.

48 Tu nages de toutes tes forces pour atteindre le fond. Pour respirer, lance ***Bol d'air*** . Si tu ne peux pas, remonte à la surface →5 ou . Continue vers le lagon souterrain →41.

49 « Merci ! Ça me donne envie de frétiller mon popotin ! » déclare Ozathe en tendant un glyphe ✓, une pierre gravée →18.

50 Un large escalier te mène vers le cœur de la mine. Le précieux Kobalt nécessaire à la fabrication des baguettes de sorcier est enfoui ici. Les Krachpeks, noirs de suie, le récoltent avec peine. Tu aperçois Grime le conteur qui monte un escalier. Si tu le suis →30, sinon retourne vers l'entrée de la mine →44.

51 Le squelette te laisse entrer dans la salle pleine de cristaux lumineux. Zig se cache dans ta manche, tremblant de peur. Au fond de la salle, Grime entonne une incantation, et un parchemin apparait. Tu te saisis de cette note *pause* ✓ et Grime hurle de rage →42.

52 Au pied d'une maison, tu ramasses du persil ✓. « Que viens-tu faire dans notre village ? » demande Troche Pone, une vieille Glanür. Si tu lui donnes l'herbicidre, elle te fait descendre par un escalier →40. Tu peux aussi aller vers la cascade Arc-en-ciel →12, la carrière de Kobalt →44 ou le champ des Glanürs →25.

53 « Un maitre demande à son élève : "Quelle est la cinquième lettre de l'alphabet ? – Heu…" » Ozathe ne rit pas, fronce les sourcils et t'assène un coup →18.

54 Un personnage dissimulé sous une capuche te barre le passage. « Je suis le gardien de la salle de cristal. En me cherchant tu tomberas sur un os ! Mon nom est le seul mot masculin qui finit par "ette". » Son double est assis dans une des salles du souterrain. Si tu le vois, ajoute 30 au chiffre de cette salle, et rends-toi à ce paragraphe. Sinon, retourne à la surface→44.

55 Tu es sur un rocher qui a l'air d'une main géante : celle du titan Rompiche ! Dedans stagne une eau brillante. Si tu as une bouteille vide, tu peux la remplir : bouteille pleine ✓. Tu peux boire l'eau →22. Sinon, rejoins la tour de l'Horizon grâce à ton grappin ou ***Tompousse*** →20 ou bien marche vers les arbres Funky →59.

56 Quel réservoir va se remplir en premier ? Si tu as la réponse, rends-toi au paragraphe correspondant. Sinon →27.

57 Les Pinpongues pleurent l'un des leurs. « Quelqu'un est en train de réveiller le Titan, il faut faire vite, les mouvements du géant abiment nos racines. Nous comptons sur toi pour sauver la forêt », dit l'un des Pinpongues en te tendant un grappin ✓. Tu peux continuer vers la tour de l'Horizon →20, les Nouarbres →15, la carrière de Kobalt →44 ou aller au village →52.

58 Tu regardes le reflet des étoiles et le compare à la carte. Il y a une différence sur la constellation du Centaure. À cet endroit, tu découvres dans l'eau un petit morceau de papier : tu t'empares fébrilement de cette note *chut* ✓→42.

59 Les arbres Funky font un vacarme assourdissant. Seul le violoniste de la troupe ne participe pas au concert, son archet est cassé. Si tu as un crin de cheval →36. Sinon, rejoins le rocher de Paluche →55 ou le bois de Boisbaguette →24.

60 Les murs tremblent et commencent à se fissurer tandis que le Titan s'agite, presque réveillé… Vite, tu sors les quatre parchemins et tu les poses côte à côte. Quatre notes s'élèvent vers le ciel. Ce sont des silences. D'un coup, la forêt se fige, ses habitants deviennent immobiles, et tout bruit disparait. Le géant, apaisé, s'endort à nouveau. BRAVO ! Tu as sauvé la forêt, et empêché la catastrophe manigancée par Aja !

RENDEZ-VOUS MAINTENANT DANS TON LIVRE À LA DERNIÈRE PAGE DE CETTE MISSION.

MISSION 3

LES CINQ VENTS DU VILLAGE VOLANT

TES VIES

Coche une case quand tu perds une vie 💔. Efface une coche si tu gagnes une vie 🖤.
Si tu perds toutes tes vies, ta mission a échoué : efface et recommence au départ.

♡ ♡ ♡ ♡ ♡ ♡

Niveau expert : tu commences avec 4 🖤 (coches-en deux dès le départ).

LES CINQ VENTS

Coche-les ✔ au fur et à mesure que tu les captures :

- ○ Mistral
- ○ Sirocco
- ○ Blizzard
- ○ Tempête de sable
- ○ Méga-Zéphyr

TON SAC À DOS

- ☐ Aile volante
- ☐ Aspirateur sans fil
- ☐ Bague familiale
- ☐ Bâton de pluie
- ☐ Bonhomme en pain d'épice
- ☐ Bouillotte maxi douillette
- ☐ Clé de l'aérocoptère
- ☐ Dégrippant
- ☐ Doudou
- ☐ Éclair de lune
- ☐ Fragment de cristal
- ☐ Parapluie
- ☐ Parchemin de magie prismatique
- ☐ Pièce d'or
- ☐ Plume de pégase

TES CARTES MOKÉPONE

☐ ☐ ☐ ☐ ☐

DÉPART

1 Avant de te lancer à la poursuite des cinq vents, tu aperçois ta maison au loin, en train de se détacher de l'île supérieure.Ta famille est en danger : tu dois la secourir ! Si tu montes à la petite île du gardien →23, si tu vas voir le pilote d'aérocoptère →20.

2 Le ventoport est en train de craquer ! Lance ***Equilibrium***, ou tu tombes en 15. Si tu réussis, tu peux longer la passerelle →12. Si Zig est un crapaud, il peut te guider à travers la terre pour rejoindre le haut de l'île →27. Si tu as la clé de l'aérocoptère, tu peux voler jusqu'à l'autre ventoport →24.

3 Le Sirocco brulant souffle sur les arbres de cette île, il faut l'affronter : lance ***Déluge total*** **4**. Si tu réussis ou si tu as un bâton de pluie →32. Si tu fais 6 au dé →49. Si tu rates et tu fuis →17.

4 Christalle la tailleuse de cristaux est méfiante : pour qu'elle te laisse utiliser les cristaux, lance ***Ami-ami*** ou donne-lui une carte Moképone →33. Si tu as une aile volante ou un parapluie, tu peux aussi sauter sur l'île des rêveurs. Sinon →30.

5 Tu tombes en atterrissant dans la cave de ta maison familiale. Tu as juste le temps de récupérer ton cher vieux doudou ✓ avant de monter dans les étages →14.

6 C'est une cachette de sylphes, des fées de l'air. Si tu tentes d'en amadouer →44 ou grimpe jusqu'à la surface →30. Si tu as une aile volante, va vers l'île-sanctuaire →28.

7 Les esprits sont mécontents que tu piétines cette terre sacrée ! Affronte-les en combat mental →37 ou fuis vers le cairn →15.

8 Les escaliers sont détruits. Pour monter vers la surface : lance ***Flique-flaque*** pour t'infiltrer jusqu'au petit lac, ou fais-toi soutenir par Zig si c'est un hibou. Sinon tu dois escalader avec peine les marches cassées →13. Tu peux aussi marcher le long des tuyaux jusqu'au ventoport →24.

9 Tu es au point le plus haut des îles. C'est ici que tu dois renvoyer les vents vers le ciel. Ajoute le numéro gravé sur la bague familiale à celui de ce chapitre : ça t'indique où te rendre. Si tu ne l'as pas, ça signifie que tu n'as pas sauvé ta famille. À quoi pensais-tu ? Tu as perdu, recommence et essaie de la secourir cette fois !

10 Tu peux escalader les racines et monter à la surface de l'île →17, ou aller de liane en liane vers la grotte sous la cascade →40.

11 Si tu ne l'as pas déjà fait, aide Cella Ouate, la bergère de nuages, suspendue dans le vide : lance ***Equilibrium*** →46. Sinon, tu peux tenter de sauter pour atterrir sur l'île des cristaux →41. Si Zig est un lynx, il peut t'aider à grimper à l'observatoire →21.

12 La passerelle est verglacée ! Lance le sort ***49° 3*** pour pouvoir aller au ventoport →2. Sinon monte à la surface →25.

13 Tu peux aller chez Merlan l'artisanchanteur →56 ou monter vers le marché →29. Les escaliers des docks sous l'île ont été détruits : lance le sort ***Flique-flaque*** pour passer par les canalisations, ou suis Zig s'il est un serpent ou un crapaud →8.

14 La Tempête de sable est déchaînée, affronte-la avant qu'elle blesse ta famille ! Si tu réussis ***Cyclonax*** 6 ou si tu as l'aspirateur sans fil →55. Sinon →39.

15 Le cairn de l'île-sanctuaire est bizarrement calme, comme si les esprits veillaient… Va à la pointe de l'île →7 ou descends dans les cavernes des fantômes du passé →18.

16 L'île part en morceaux ! Si Zig est un crapaud, il t'aide à les éviter. Ou protège-toi avec ***Toi-toi-mon-toit*** . Sinon tu reçois des débris . Tu arrives au drapeau →9.

17 Des danseurs font des arabesques aériennes. Lance ***Saut de poulet*** pour aller leur parler →36, ou pour sauter dans le vide et les impressionner →41. Sinon longe le lac →3, descends sous l'île en t'aidant des racines →10, ou observe le cristal pour te téléporter .

18 Dans les cavernes, les fantômes du passé viennent te tourmenter ! ***Kipcoul*** pour garder la tête froide et continuer →43. Sinon tu fuis en te cognant partout →15.

19 Tu arrives sur la place déserte. La magie est tellement perturbée dans le village que les bonshommes de neige des enfants ont pris vie ! Ils t'attaquent et tu dois te défendre →54.

20 Le pilote refuse de décoller : trop dangereux ! Si Zig est un serpent, il lui prend la clé de l'aérocoptère ✓. Ou lance ***Yeux de braise*** pour le convaincre →31. Sinon tu retournes →1.

21 Le Méga-Zéphyr, le plus terrible des vents, menace de retourner l'île ! Tu dois le calmer. Tu peux utiliser un fragment de cristal. Sinon choisis un sort **5** : ***Cyclonax*** , ***Tornado*** , ***Main du golem*** ou ***Déluge total*** . Si tu réussis →45. Si le dé fait 6 →57. Si tu rates , tu files au bout de l'île →11.

22 Dans la grotte, tu trouves un passage vers la surface →3. Ou tu peux sauter dans la cascade : si Zig est un crapaud ou avec ***Equilibrium*** , tu t'en sors, sinon . Tu arrives sur l'île en dessous →29.

23 Le gardien est paniqué, le village risque d'être détruit ! « Je n'ai pas grand-chose pour t'aider : prends mon bâton de pluie ✓ ou ma dernière pièce d'or ✓. » Puis il te propose de te téléporter grâce à ses cristaux : observe-les et choisis où aller .

24 Les navires sont secoués par le violent Mistral ! Pour le piéger dans l'éolienne rouillée, utilise du dégrippant →47. Ou lance ***Main du golem*** 4. Si tu réussis →51. Si tu rates tu dois fuir →8.

25 Un pégase affolé cherche à se défaire de ses liens. Si tu lances ***Ami-ami*** , ou si Zig est un hibou, il te laisse le libérer et te donne une plume de pégase ✓. Va au village →19 ou descends sous l'île →12.

26 Tu es dans la coupole du télescope où, d'habitude, les astronomes scrutent le ciel. Le Méga-Zéphyr menace de tout détruire ! Descends vite dans l'observatoire →21.

27 Tous les enfants ont fui, laissant leurs cadeaux au pied du sapin. Si tu veux ouvrir un paquet →35. Sinon va jusqu'au village →19 ou saute sur le bout de l'île qui se détache, là où se trouve ta maison →5 !

28 Le Blizzard transforme cette île en iceberg ! Pour l'affronter, utilise la bouillotte maxi-douillette ou lance ***Tornado*** **5**. Si tu réussis →50. Si tu fais 6 au dé →58. Si tu rates, et tu fuis →18.

29 Tu peux entrer chez Kink Aillerie le marchand →48, ou descendre vers la place →13. Si tu lances ***Gla-Gla***, tu gèles la cascade et tu peux l'escalader →3.

30 Psyché d'Elik et ses compagnons sont mécontents : le gros nuage pleut tout le temps, les empêchant de dormir et donc de rêver. Si tu as un parapluie ou si tu lances ***Toi-toi-mon-toit*** →42. Sinon agrippe-toi aux plantes pour passer sous l'île →6.

31 Tu viens de décoller quand, soudain, des harpies attaquent l'engin ! Lance le sort ***Coup d'cho*** pour les effrayer, ou ***Gravelotte*** pour leur faire tomber des cailloux dessus ; sinon . Ensuite amarre-toi sous l'île, au milieu des tuyaux →8 ou à un ponton du ventoport →24.

32 Tu fais pleuvoir des trombes d'eau, ça te permet de capturer le *Sirocco* ✓ ! Tu gagnes une carte Moképone ✓. Entre dans la forêt →17 ou grimpe dans l'arbre géant pour atteindre la passerelle suspendue sous l'île au-dessus →12.

33 Tu en profites pour récupérer un fragment de cristal ✓. Observe les cristaux pour choisir où te téléporter . Sinon →4.

34 Tu approches du but, mais l'île est sur le point de se désagréger complètement ! Si tu n'as pas capturé les cinq vents, la tempête est encore trop forte et l'île s'éparpille sous tes pieds, c'est vraiment la FIN !

Si tu as capturé les cinq vents, il est encore possible de la maintenir intacte. Additionne tous tes scores de magie SAUF celui où tu as le score le plus élevé. Lance un dé. Tu dois faire moins que ce total. Si tu as un éclair de Lune ou un parchemin prismatique, tu peux relancer le dé une fois pour chacun de ces objets.

Si tu réussis, tu stabilises l'île.

Tu montes jusqu'au drapeau pour libérer les vents →60. Si tu rates, tout s'écroule, tu tombes aussi →41.

35 Lance ***Double-vision***, pour choisir un cadeau parmi ces trois. Sinon :

1-2 : un parapluie ✓

3-4 : un bonhomme en pain d'épice ✓ ; tu peux le manger quand tu veux, + 2 .

5-6 : une bouillotte maxi-douillette ✓.

Puis tu sautes au bout de l'île →5.

36 Les danseurs ont pitié de tes sauts de poulet. Ils te font un cadeau : choisis une aile volante ✓ ou un bonus de + 1 jusqu'à la fin de cette mission. Puis →17.

37 Lance ***Main du golem*** **5**. Si tu rates, fuis vers le cairn →15. Si tu réussis, tu domptes les esprits : ils te donnent un parchemin prismatique ✓. Tu peux remonter →15 ou descendre vers les profondeurs glacées →28. Si tu as une aile volante, tu peux aller à l'île des rêveurs →30.

38 La Lune est encore loin et il fait très froid dans le vide spatial. Poursuis vers la Lune →52, reviens vers la constellation de la chauve-souris →59, ou réveille-toi →30.

39 Le combat est violent, mais tu captures la tempête et sauve ta famille ! Ta mère te confie la bague familiale ✓ : le nombre 25 y est gravé. Tu dois maintenant capturer tous les vents avant de monter sur l'île du drapeau. Si tu as une aile volante, tu peux planer →11 ou sauter vers l'île du dessous : tu perds à moins d'avoir un parapluie. Tu atterris sur l'île →15.

40 Le cyclope qui vit ici t'attaque ! Lance ***Buée*** ou ***Sables gluants*** pour le repousser, sinon, et visite la grotte →22.

41 Malheureusement ce saut était beaucoup trop risqué et tu fais une chute mortelle. FIN ! Recommence la mission.

42 Psyché d'Elik accepte de te faire voyager à travers les rêves... Pour t'endormir, tu peux lancer le sort ***Kipcoul***, ou te blottir contre ton familier s'il est doux (lynx ou hibou), ou contre ton doudou : tu t'envoles vers les étoiles... Cherche la constellation de la chauve-souris dans le ciel pour voir à quel numéro te rendre. Si tu ne peux pas dormir, tu vas sous l'île →30.

43 Dans une des cavernes tu trouves un cristal : il peut te téléporter au numéro qu'il contient. Sinon, continue →18 ou →28.

44 Lance ***Ami-ami*** ou ***Yeux de braise*** : une sylphe accepte de t'emmener vers l'île de l'observatoire →11 ou l'île des cristaux →4. Sinon elle t'attaque →6.

45 Hélas, tes efforts ne sont pas suffisants ! Tente un autre sort, différent de celui que tu as déjà utilisé : 5 : ***Cyclonax***, ***Tornado***, ***Main du golem*** ***ou Déluge total***. Si tu réussis ou si tu as une plume de pégase →57. Si tu rates, le Méga-Zéphyr te repousse au bout de l'île →11.

46 Pour te remercier, Cella Ouate peut te faire marcher sur son troupeau de cumulus. Si tu n'as pas encore secouru ta famille, tu te précipites jusqu'à ta maison →14. Sinon, tu vas sous l'île du drapeau →16.

47 L'éolienne emprisonne le *Mistral* ✓ ! Du moulin tombe une carte Moképone ✓. Va vers la place →13 ou, avec la clé de l'aérocoptère, va à l'autre ventoport →2.

48 Kink Aillerie a le sens des affaires : il te propose un aspirateur sans fil ✓ ou du dégrippant ✓. Si tu lances ***Yeux de braise***, ou si tu lui donnes une pièce d'or, tu peux acheter les deux. Puis →29.

49 Tu fais pleuvoir des trombes d'eau, ça affaiblit le *Sirocco*, et tu réussis à le capturer ✓ ! Il laisse tomber une carte Moképone Or ✓. Tu peux te jeter dans la cascade vers l'île du dessous →29, aller au bord du lac →3 ou grimper dans l'arbre pour atteindre l'île juste au-dessus →12.

50 Tu réchauffes l'atmosphère, le Blizzard est impuissant contre tant de chaleur et tu peux le capturer ✓ ! Il recrache une carte Moképone ✓. Rentre dans les cavernes →43 ou escalade la falaise →7.

51 Tu as capturé le Mistral ✓, et une carte Moképone Or ✓ tombe à tes pieds ! Tu peux surfer sur les courants d'air jusqu'aux cavernes de l'île voisine →18. Si tu as la clé de l'aérocoptère, tu peux naviguer jusqu'à l'autre ventoport →2. Sinon →24.

52 Tu trouves un éclair de lune ✓. Mais te voilà trop loin ! Lance ***Equilibrium*** **5** ou ***Double-vision*** **5** pour retrouver ton chemin →59. Ou ***Toi-toi-mon-toit*** **5** ou ***Bubulle*** **5** pour te réveiller →30. Si tu échoues, tu erres à jamais dans les songes étoilés… c'est la FIN !

53 Si tu as une aile volante, tu planes →15. Sinon, lance ***Equilibrium*** **4** pour éviter la chute. Si tu réussis →15, sinon →41.

54 Tu peux te protéger des bonshommes avec ***Toi-toi-mon-toit*** ou ***Bubulle***, ou envoyer Zig les combattre si c'est un lynx ; sinon 💔. Puis va vers le pégase →25, le sapin →27, ou observe le cristal pour te téléporter au numéro indiqué.

55 Tu as capturé la Tempête de sable ✓ ! Si tu as fait 6 au dé, + 1 ♥. Ta famille est maintenant en sécurité : ils te confient la bague familiale ✓, le nombre 25 est gravé dessus, et ta petite sœur t'offre sa carte Moképone Or ✓ ! Tu dois maintenant capturer tous les vents avant de monter sur l'île du drapeau. Profite des trous d'air pour aller vers l'île-sanctuaire →15 ou l'île de l'observatoire →11.

56 Merlan est paniqué et te dit de sortir →13. Si tu lances ***Ami-ami***, il se calme et te propose de te téléporter jusqu'à la forêt →17, ou la place du village →19 ou bien d'enchanter ton manteau (+ 1 dans une magie de ton choix jusqu'à la fin de cette mission). Si tu lui donnes une pièce d'or, tu peux choisir les deux options. Tu peux ensuite sortir de la boutique →13 ou tenter d'atteindre l'île-sanctuaire par les airs →53.

57 Ouf ! Tu as capturé le Méga-Zéphyr ✓. Une carte Moképone Or ✓ reste accrochée sous ta chaussure ! Si tu as capturé les cinq vents, la brise est avec toi : tu saisis un courant d'air pour t'envoler jusqu'à l'île du drapeau →9. Sinon tu glisses à l'autre bout de l'île →11 ou tu profites de ton élan pour sauter sur l'île-sanctuaire →15.

58 Le Blizzard est impuissant contre tant de chaleur, tu le captures. Une carte Moképone Or ✓ apparait quand la glace fond. Tu peux utiliser le courant ascendant et t'envoler jusqu'au promontoire →7, sous l'île des rêveurs →6 ou sur l'île des cristaux →4.

59 Tu flottes à travers la constellation. Tu peux nager vers la Lune →38, te réveiller →30 ou te faire capter par le télescope de l'observatoire →26.

60

Tu domines le ciel. Tu contemples les îles enfin apaisées… Ta famille et les autres habitants sont sauvés. Mais tu sais que tu ne peux pas garder les vents prisonniers longtemps. Tu ouvres ton piège et laisses les vents sortir. Ils s'enfuient au loin, libérés des sortilèges d'Aja Majistra.

BRAVO, TU AS RÉUSSI TA MISSION !

MISSION 4

LE TOURNOI DU LAC MAJIKAL

TES VIES

Coche une case quand tu perds une vie 💔. Efface une coche si tu gagnes une vie ♥.
Si tu perds toutes tes vies, ta mission a échoué : efface et recommence au départ.

♡ ♡ ♡ ♡ ♡ ♡

Niveau expert : tu commences avec 4 ♥ (coches-en deux dès le départ).

LES GUÉRISONS

Coche ✔ chaque groupe d'élèves que tu auras réussi à soigner.

- ☐ Joueurs
- ☐ Tribune Nord
- ☐ Tribune Sud
- ☐ Tribune Est
- ☐ Tribune Ouest

TON SAC À DOS

- ☐ Algo-boost
- ☐ Barque
- ☐ Bathyscaphe
- ☐ Baume du dragon
- ☐ Chalumeau subaquatique
- ☐ Clé du bathyscaphe
- ☐ Fleurs de lotus
- ☐ Krill au miel
- ☐ Menthe aquatique
- ☐ Oursins doux
- ☐ Tatouage trident

TES CARTES MOKÉPONE

☐ ☐ ☐ ☐ ☐

DÉPART

1 Le tournoi a déjà commencé quand tu arrives sur la rive du lac Majikal. Tu lèves les yeux pour observer les joueurs quand une énorme boule de feu te fonce dessus ! Lance ***Doudouche*** 5 ou ***Mach1*** 5 pour l'éviter, si tu échoues . Tu décides de t'éloigner : va au pied de la Tribune Sud →45 ou vers la boutique de bonbons →12.

2 Tu contrôles désormais le bathyscaphe ✓. Sous l'eau, tu peux à la fin de chaque paragraphe remonter à la surface sur un des cinq pontons rouges. Note le lieu sous-marin que tu quittes. Ensuite, lorsque tu replongeras, poursuis ton exploration sous-marine à cet endroit. Pour le moment, tu explores Poissonville →39.

3 Tu appliques la menthe aquatique sur les blessures des joueurs et ils sont vite rétablis. Coche Joueurs au niveau des guérisons. Mets le cap vers le dôme du Trident →17 ou reprends ton exploration sous-marine.

4 Un individu déguisé en dragondin distribue des bouteilles d'herbicidre gratuites, avec un trident rouge sur leur étiquette →10.

5 La responsable de l'infirmerie ne sait plus où donner de la tête. Si tu as le baume du dragon →32, la menthe aquatique →3, sinon tu sors. Tu peux regarder sous l'eau →42, aller vers la Tribune Nord →41, vers le commentateur →56 ou vers la Tribune Ouest →10.

6 L'eau du lac Majikal alimente les robinets de l'Académyst. Mais quelqu'un a endommagé une canalisation d'épuration. Si tu as le chalumeau →27. Sinon va vers la grotte →43, les sirènes →44, l'espace VIP →53, le dôme du Trident →17 ou le poulpe →9.

7 Bien vu ! Tu as déchiffré le mot inscrit sur la voile, tu mérites une récompense. La Salamandarine ouvre un coffre qui contient un chalumeau subaquatique ✓. Tu peux sortir par l'arrière du bateau vers la barrière de corail →31 ou par la proue →25.

8 Mulfa sourit. Tu as la tête ET les jambes ! +1 ♥ et menthe aquatique ✓ →43.

9 Krüt le poulpe dort paisiblement en couvant ses œufs. Les petits poulpes qui nagent autour de lui ont chacun une sorte de doudou… des oursins doux ✓ qui poussent un peu partout ici. Tu en ramasses quelques-uns et repars d'où tu viens →6.

10 Un silence de mort règne dans la tribune. Tu peux monter à son sommet →22, vers le vendeur d'herbicidre →4, le bathyscaphe →38 ou les vestiaires →49 . Si tu as la barque, tu peux aller à l'infirmerie →5.

11 Dans l'arrière-boutique, tu tombes sur un vieux poisson à moustache. Il plisse les yeux lorsque tu pénètres dans son office : « Amenez-moi votre familier ! » Il donne une croquette à Zig qui gagne un niveau de magie supplémentaire dans son élément d'origine, jusqu'à la fin de cette mission. (ajoute-le lorsque tu tentes de jeter un sort) →39.

12 Tu t'approches de la boutique devant laquelle plusieurs élèves se pressent. Le vendeur, en costume de dragondin, donne des paquets de Magicgum à tous les enfants qui le lui demandent, sans être payé en retour. Bizarre… Dirige-toi vers les vestiaires →49, la Tribune Sud →45 ou le ponton →54.

13 Les sirènes avalent avec joie les douceurs et se mettent à chanter juste. La chef te tend de l'algo-boost ✔ pour te remercier. Va vers les canalisations →6, la barrière de corail →31, ou le dôme du Trident →17.

14 Alors que tu rames vers la Tribune Nord, un Poulpouille géant surgit des eaux… et t'attaque ! Lance ***66°6*** 5 ou ***Grosbill*** 5. Si tu échoues, . Puis tu continues vers la Tribune Nord →41.

15 L'équilibre du lac est rompu ! Le monstre envahit le bassin, détruisant tout sur son passage. C'est la FIN de l'aventure.

16 Tu distribues l'algo-boost et aussitôt les pleurs des spectateurs cessent. Coche Tribune Nord au niveau des guérisons. Va vers le dôme du Trident →17 ou reprends ton exploration sous-marine.

17 Un malabar te demande le mot de passe du Trident. Va au numéro correspondant ou à la grotte →43, aux sirènes →44, aux pilotis →42 ou aux canalisations →6.

18 Tu tombes sur des fleurs de lotus ✔. Cette plante sert à faire des potions de soins. Si tu lances ***Branchies*** , tu as le temps d'observer le dôme du Trident. Lis le paragraphe 17, mais ensuite remonte à la surface →5.

19 Du haut de la tribune, tu lances les fleurs de lotus qui calment les spectateurs. Les élèves reprennent leurs esprits et sourient. Coche Tribune Sud au niveau des guérisons. Descends au pied de la tribune →45 ou reprends ton exploration sous-marine là où tu l'avais laissée.

20 Zig ressort de la grotte et la terreur se lit dans son regard. Il est blessé et il s'évanouit. Tu ne peux plus ajouter ses niveaux en magie lorsque tu lances un sort jusqu'à ce qu'il se fasse soigner →52.

21 Au détour d'une ruelle, tu tombes sur deux immenses thons avec un tatouage de trident rouge, qui menacent une crevette. Pour les combattre, tu dois réussir deux fois le même sort : ***Torpedo*** 5 ou ***Aquarius*** 5. pour chaque sort manqué. Si tu réussis à les battre tous les deux →40, sinon →39.

22 Le silence est perturbé par des hurlements. Tu observes les spectateurs et tu réalises qu'ils sont terrorisés. Si tu as des oursins doux →35. Sinon redescends →10.

23 Tu lèves les yeux vers les spectateurs de la tribune : ils dorment tous ! Tu remarques que le lac a une couleur noire et que des vapeurs toxiques s'en échappent. Tu peux envoyer Zig inspecter ça →55, ou aller vers la Tribune Nord →41 ou la Tribune Sud →45.

24 Par une fenêtre du bar, tu entends : « Il faut un mot de passe pour entrer dans leur QG. C'est deux tridents…
— Deux tridents ? Hum… 33 ? »
Note cette information →39.

25 Un galion couvert de coraux git au fond du lac. Tu l'admires lorsqu'un monstrueux Porg t'attaque ! Lance ***Coup d'cho*** 5 ou ***Golem*** 5. Si tu échoues, ; tu devras le combattre jusqu'à ce que tu gagnes. Tu continues vers la poupe du navire →37, les pilotis →42 ou tu sors à Poissonville →39.

26 Le sortilège ne va pas tenir longtemps ! Tu ne prends pas le risque d'affronter Aja et ses sbires, et tu sors du repaire du Trident. Sur ton tableau des guérisons, si tu as coché 1 à 3 cases →59, 4 à 5 cases →60.

27 À l'aide du chalumeau, tu répares la canalisation. Une clameur s'élève au-dessus de ta tête. C'est la Tribune Est qui ne respire plus les vapeurs toxiques et qui sort de sa torpeur. Coche Tribune Est au niveau des guérisons →6. Tu peux aller vers le dôme du Trident →17 ou reprendre ton exploration sous-marine où tu l'avais laissée.

28 Aja Majistra et les membres du culte sont trop nombreux. Tu te bats avec courage, mais leur nombre te submerge et Aja est bien trop puissante pour te laisser une chance. On dirait bien que c'est la FIN.

29 La rage et la hargne des spectateurs de la Tribune Sud te font peur. On dirait qu'ils sont à deux doigts de se battre pour régler leurs comptes. Si tu as les fleurs de lotus →19. Sinon redescends →45.

30 Tu vois avec horreur le prince Sipal qui lève son verre en ricanant. Sous sa manche, tu aperçois clairement un tatouage en forme de trident. Tu peux t'approcher un peu plus de la paroi vitrée →48 ou te tenir à distance →53.

31 La barrière de corail forme une protection qui empêche un monstre gigantesque de pénétrer dans le lac. Mais des bombes avec le signe du trident menacent de détruire ce mur ! Si tu réussis ***Pfuiiit*** 4 ou ***EhpuisZette*** 4 →47, sinon →15.

32 Madame Akiné te remercie et fonce soigner les élèves de dernière année. Tu en profites pour fouiller son bureau et tu trouves la clé du bathyscaphe ✓. Sors de l'infirmerie et va vers la Tribune Ouest →10, la Tribune Nord →41, vers le commentateur →56 ou le vendeur d'herbicidre →4.

33 Trois membres du culte du Trident sont réunis ici. « T'es nouveau ? Je ne t'ai jamais vu dans les parages ! » Tu sens que l'ambiance devient tendue… Si tu as le tatouage du Trident, tu leur montres →46. Si tu préfères sortir en t'excusant →17.

34 Zig ressort les yeux rieurs. Il tient une carte Moképone ✓dans la gueule →43.

35 Tu distribues à chaque spectateur un oursin doux. À son contact, ils arrêtent de sangloter, et s'apaisent. Coche Tribune Ouest au niveau des guérisons. Tu peux aller vers le dôme du Trident →17 ou reprendre ton exploration sous-marine où tu l'avais laissée.

36 Tu entends derrière toi la respiration de la créature : un être repoussant et grotesque, des ailes de chauve-souris et des dents longues et acérées. Lance ***66°6*** 8 pour t'échapper →52 ou… On dirait bien que c'est la… FIN.

37 La poupe du navire est occupée par la cabine du commandant. Sur un lit élégant est étendue une Salamandarine imposante. Elle t'offre une boisson revigorante, +1 ♥. « Tu cherches le trésor ? » Un chiffre est écrit en toutes lettres sur la voile. Tu n'as qu'à regarder. Tu as trouvé ? Va au chapitre indiqué. Sinon →25.

38

Baf et Gnon sortent du bathyscaphe. Tu te caches. « Le plan se passe comme prévu : sous l'eau, tout est en place pour saboter ce tournoi. Le CPE veut que toutes les clés soient rangées à l'infirmerie. On y va ! » Si tu as la clé du bathyscaphe →2, sinon tu peux observer le vendeur d'herbicidre →4 ou aller aux gradins →10.

39

Tu es à Poissonville. Des poissons de toutes tailles habitent ici. Tu les entends parler notre langage ! « Depuis que la bande du Trident est arrivée, rien ne va plus ! » Va au bar →24, à la pharmacie →50, flâne au hasard →21. Sinon sors vers l'épave →25 ou vers les grottes →52.

40

La crevette est pleine de reconnaissance. « Les membres du culte forcent les gens à porter ce tatouage. Je n'étais pas d'accord, c'est pour ça qu'ils voulaient me casser la nageoire. Pour te remercier, prends cette carte Moképone ✓ et ce tatouage trident ✓. » Tu retournes à Poissonville →39.

41

Tu arrives devant la Tribune Nord où une cacophonie de fausses notes et de chants affreux t'accueille. Tu peux grimper tout en haut →57, partir vers l'infirmerie →5, le commentateur →56 ou la Tribune Est →23.

42

Si tu as le bathyscaphe, explore la zone →18 ou va vers l'épave →25, le dôme →17 ou la barrière de corail→31. Si tu n'as pas le bathyscaphe, tu lances ***Branchies*** pour observer la zone →18. Sinon, remonte →5.

43

Tu es devant une grotte inquiétante et sombre. Tu peux y entrer →51, y envoyer Zig →34, aller vers le dôme →17, les canalisations →6 ou l'autre grotte →52.

44

Quelle cacophonie ! La cheffe d'orchestre te dit, désolée : « Avec toute la pollution causée par le culte du Trident, les petites ont la voix qui déraille. » Si tu as du krill au miel →13, sinon va vers la barrière de corail →31, l'espace VIP →53, les canalisations→6 ou le dôme →17.

45

L'ambiance est électrique dans la tribune. Tu peux monter au sommet de celle-ci →29, t'approcher de la boutique de bonbons →12, te diriger vers le ponton →54 ou vers les vestiaires →49.

46

Les membres du Trident te regardent de travers. Ils vont chercher leur chef : c'est l'individu déguisé en dragondin. Tu découvres sous ce costume Aja en personne ! Pour garder ton calme, lance ***Kipcoul*** , puis ***Immobilis*** 6 deux fois consécutives pour figer tout le monde. Si tu réussis →26, sinon →28.

47

Tu projettes les bombes loin de la barrière juste avant qu'elles explosent ! Tu trouves une carte Moképone ✓ coincée dans un corail. Continue ta route vers les sirènes →44 ou vers les pilotis →42.

48

Le prince Sipal ouvre des yeux ronds en t'apercevant dans le bathyscaphe ! Il lance un sort dans ta direction ! ***Kipcoul*** 5 pour l'éviter ou . Retourne en →53.

49

Dans les vestiaires, une abominable odeur te rend malade. ***Bol d'air*** 4 ou . La plupart des élèves sont en train de vomir. Tu te saisis d'un baume du dragon ✓ et en mets deux noisettes sous tes narines. Va vers le bathyscaphe →38, la Tribune Ouest →10, la boutique de bonbons →12 ou la Tribune Sud →45.

50 Si Zig est blessé, la pharmacienne le guérit, et tu peux ajouter à nouveau ses niveaux lorsque tu lances un sort en rapport avec son élément. « Des remèdes pour les humains ? Tiens, voilà un cadeau, ça ne te coutera pas un sou marin ! Ha, ha ! tu as saisi ? » Tu récupères un paquet de krill au miel ✓. Va dans l'arrière-boutique →11 ou retourne vers le centre-ville →39.

51 Tout au fond de la grotte, un poisson ridé te sourit. « Je suis Mulfa, la gardienne du lac Majikal. Je t'attendais. Réponds à cette énigme et je t'aiderai dans ta mission. Dans quel mois trouve-t-on 28 jours ? » Tu réponds : « Février » →58, « tous » →8 ?

52 Des lampions sont disposés autour de l'entrée de cette grotte. Tu peux y pénétrer →36, envoyer Zig en repérage →20, te diriger vers Poissonville →39 ou vers l'autre grotte à ta droite →43.

53 Tous les professeurs de l'école sont là et regardent le tournoi sur une boule de cristal géante. Si tu les rejoins →30, sinon va vers les sirènes →44 ou les canalisations →6.

54 Une barque est amarrée au ponton. Tu te diriges vers elle lorsqu'un sortilège Gla-Gla transforme le plancher en patinoire ! ***39°5*** 🔥🔥🔥 ou ***Equilibrium*** 🌬🌬🌬, sinon 💔. Tu possèdes à présent la barque ✓. Tu peux aller vers la Tribune Est →23, la boutique de bonbons →12 ou la Tribune Sud →45.

55 Zig renifle les vapeurs et revient vers toi, affaibli. Une matière gluante le recouvre. Tu dois aller sous l'eau pour comprendre ce qui se passe ! Malheureusement, Zig est malade : il ne te donne plus de bonus tant qu'il n'est pas soigné. Retourne en →23.

56 Le commentateur gémit : « En 40 ans de métier, je n'ai jamais vu ça. Même mon concours de cartes Moképone à gagner n'a pas de succès. J'abandonne. » Il te tend une carte Moképone ✓, dépité. Va vers l'infirmerie →5, la Tribune Nord →41 ou la Tribune Ouest →10.

57 En montant les gradins, tu réalises que tous les spectateurs pleurent, désespérés. Si tu as l'algo-boost →16, sinon →41.

58 Mulfa hoche la tête. « Tu as les jambes, c'est pourquoi je te soigne +1 ♥. Mais tu n'as pas la tête. » Continue ta route →43.

59 Tu as fait de ton mieux. Mais la moitié des élèves de l'Académyst sont à l'infirmerie. Le grand tournoi est annulé et l'école finit sans champion pour la première fois de son histoire. Ce n'est pas une réussite, tente à nouveau ta chance. FIN

60 Aja Majistra doit être furieuse une fois de plus ! Le tournoi s'achève dans les cris de joie et les acclamations du public. BRAVO ! Sans ton intervention, la grande compétition aurait pu tourner à la catastrophe. Les plans machiavéliques de la sinistre Aja tombent encore à l'eau. Si tu n'as pas soigné tous les élèves et qu'il en reste à l'infirmerie, tu peux tenter ta chance et affronter à nouveau les dangers du lac Majikal. Sinon, rendez-vous dans ton livre à la dernière page de cette mission.

MISSION 5

LA KERMESSE ENFLAMMÉE

TES VIES

Coche une case quand tu perds une vie 💔. Efface une coche si tu gagnes une vie ❤.
Si tu perds toutes tes vies, ta mission a échoué : efface et recommence au départ.

♡ ♡ ♡ ♡ ♡ ♡

Niveau expert : tu commences avec 4 ❤ (coches-en deux dès le départ).

TON SAC À DOS

Coche les objets que tu trouves ✔. Efface quand tu recommences une partie.

- ☐ Badge « AKD Myst »
- ☐ Caillou brulant
- ☐ Canard en plastique
- ☐ Flute de Terre
- ☐ Gland d'or
- ☐ Gobelet Magi-Kola
- ☐ Marteau gelé
- ☐ Médaille de Mage
- ☐ Mouchoir de Morv
- ☐ Partition
- ☐ Sandwich
- ☐ Sucre d'ogre

TES CARTES MOKÉPONE

Elles ajoutent une seule fois un bonus de magie au moment de lancer un sort.
Décide alors si tu utilises ta carte **avant** de lancer le dé.
Tu dois effacer ta carte Moképone quand tu l'as utilisée.

☐ ☐ ☐ ☐ +2 ☐

DÉPART

1 Tu entres dans l'école, où la fête vient de commencer. Tu peux aller vers la buvette →14 ou passer par la cour de l'école →29.

2 Tu réalises que les boites contiennent les professeurs, réduits à la taille de hamsters ! Si tu possèdes le caillou brulant →58. Sinon, tu peux lancer ***Regonfle*** pour leur rendre leur taille →50. Tu peux aussi aller vers l'hydre →28, au stand des potions →11 ou vers l'ogre →10.

3 Le Cyclope n'est pas en train de faire des grillades : il forge des chaines pour les élèves ! Combats-le avec ***Ferfroid*** **5**. Si tu rates →31. Si tu réussis, il lâche son marteau gelé et tu le récupères, fuis vers la buvette →11, l'arbre en feu →8 ou la roue →13.

4 Des voix sortent du puits qui s'enfonce sous terre : ce sont les Glanürs de la mine. Pour le rejoindre : lance ***Tompousse*** ou saute dans le trou . Dans les deux cas →30. Sinon tu repars vers la loterie →25.

5 Tu arrives dans la caverne où dort le Titan protecteur de l'école, Rompiche. Sous son oreiller, tu trouves la partition géante qui pourrait le réveiller. Tu remontes vers la surface à côté du banc →27.

6 Ici, on peut faire une promenade à dos de licorne. Enfin, de licârne : un âne avec une corne. Si tu montes sur son dos →37. Sinon tente ta chance à la loterie →25 ou marche jusqu'à la mine des Glanürs →4.

7 Tu tentes ta chance à la pêche aux canards. Lance ***Sangelé*** pour immobiliser un canard et l'attraper.
1-2 : Tu glisses dans le bassin gelé ! .
3-8 : Tu gagnes un canard en plastique .
9+ : Tout le décor semble se figer →42.
Tu pars ensuite vers la buvette →14, le chamboule-profs→19 ou le chapiteau →9.

8 Le chêne de la cour est en feu ! Si tu peux lancer ***Mégadrache*** , tu éteins l'incendie et récupères un gland d'or . Dans tous les cas, tu repars ensuite vers la forge →3 ou la marmite des potions →11.

9 Un clown à l'entrée du chapiteau fouille les visiteurs… Si tu as 4 objets entourés de vert ou plus, il te laisse entrer →21. Sinon il te dit que le spectacle commencera plus tard. Repars vers le chamboule-profs →19, le barbecue →22, la loterie →25 ou le géant →17.

10 Les bonbons de Sukkr l'ogre sont drogués. Tu dois les détruire ! Si tu as le marteau gelé →45. Ou lance ***Kramtou*** **5**. Si tu réussis →54, sinon et tu fuis vers l'hydre →28, la chorale →15, le chamboule-profs →2, le banc →27, ou le volcan →24.

11 La boisson de ce stand est une potion de Tourneboule. Tu peux en boire pour revoir les illusions →14. Ou la détruire avec un sort de feu→33. Sinon va à la forge →3, au chamboule-profs →2 ou à l'arbre en feu →8.

12 Sur l'estrade, une chorale d'élèves est dirigée par Morv la trolle. Si tu les rejoins →36. Si tu lances ***Double-vision*** pour comprendre leur musique →42.

13 La loterie est en réalité une roue hypnotique ! Si tu as le mouchoir de Morv, tu le lances dessus pour la stopper →48. Sinon, tente ***Double-vision*** 5, si tu réussis →41. Sinon tu replonges dans les illusions →25.

14 Tu as droit à une boisson gratuite, du Magi-Kola. Si tu la bois →34. Si tu la verses dans le massif de fleurs →59.

15 Les membres de la chorale sont prisonniers de Morv : leur chanson est faite de cris d'épouvante. Attaque la trolle →56. Ou va vers la loterie →13, le dragon →20, l'ogre →10 ou le banc →27.

16 Tu es dans les WC, et tu entends tout près une conversation entre Grime le conteur et le prince Sipal, qui demande :
« Tu as caché la Flute de Terre ?
— Oui, dans les poireaux des Glanürs. »
Retiens cette information ! Tu sors →29.

17 Un géant rigolo distribue des sucreries ! Tu prends un sucre d'ogre ✓. Si tu regardes qui se cache sous ce costume →57. Sinon tu vas vers la chorale →12, vers le chapiteau →9 ou au chamboule-profs →19.

18 Tu explores la grotte du monstre. Il gardait prisonnier Zo Olog, le prof de Sorcellerie de la Vie et de la Terre. Zo te donne une potion de soin : regagne . Un tunnel s'enfonce sous terre, tu peux l'emprunter →5, ou revenir à la surface →27.

19 Au chamboule-profs, lance des sorts sur les portraits des professeurs pour gagner un lot. Choisis : ***Kramtou*** →32 ou ***Gravelotte*** →52. Sinon, tu vas vers le géant →17 ou la pêche aux canards →7.

20 La licârne est en réalité Sulfur, un dragon capturé par Aja. Si tu as un gland d'or, tu lui donnes →46. Sinon, il te crache du feu ! Lance ***Froidepierre*** 7. Si tu échoues, . Pars vers la roue →13, la chorale →15 ou les champs →26.

21 Sur la scène, une jongleuse fait un numéro devant un public fasciné. C'est Aja Majistra ! Elle se tourne vers toi et rit. Si tu jettes ***Froidepierre*** pour fuir →14. Sinon →47.

22 Le Cyclope Principal d'Éducation fait des grillades, tu peux prendre un sandwich ✓ ! Sa fumée te pique les yeux. Lance ***Bon Vent*** sinon . Et va vers la cour →29, la pêche aux canards →7 ou la loterie →25.

23 Tu es dans le champ des Glanürs. Si tu sais parmi quels légumes est cachée la Flute de Terre, compte leur nombre de consonnes, puis leur nombre de voyelles. Va au paragraphe qui a pour numéro ces deux chiffres. Sinon, tu retournes vers le chapiteau →9, ou tu vas vers la mine →4.

24 Sous tes pieds, un volcan se forme ! Aja Majistra crie : « L'heure de ma vengeance a sonné ! Cette école va disparaitre, et toi aussi ! » Si tu veux réveiller le Titan Rompiche →49. Si tu veux défier Aja en duel magique →53. Si tu préfères éviter le combat, Aja te lance une boule de feu, tente ***Sangelé*** 4 : si tu perds, . Puis cours vers le banc →27.

25 Baf et Gnon actionnent la roue du bonheur. Tu lances un sort pour l'influencer en ta faveur : ***Bon Vent*** 4. Si tu réussis, gagne la médaille de Mage ✓. Continue vers la licârne →6, la chorale →12, le chapiteau →9 ou le barbecue →22.

26 Le champ des Glanürs est en feu ! Tu peux l'éteindre avec ***MégaDrache***. Dans ce cas, tu retrouves un moment le calme de cette zone éloignée d'Aja →23. Sinon, . Tu t'enfuis vers la roue hypnotique →13 ou le dragon →20.

27 Tu es sur un banc, un peu à l'écart. L'école de magie est ravagée par les sortilèges d'Aja Majistra, juchée sur un volcan. Tu dois aider ses victimes et combattre ses sortilèges. Va vers l'hydre →28, l'ogre →10 ou la chorale →15. Ou grimpe sur le volcan pour défier Aja si tu t'en sens capable →24.

28 L'innocente pêche aux canards est en vérité le marais d'Eugène, une hydre à cinq têtes. Tu peux fuir vers le banc →27, les potions →11, l'ogre →10 ou la chorale →15. Ou si tu as un familier, il affronte le monstre !
Selon son espèce, Zig lance :
Albatros : ***Blizzor*** **6**
Varan : ***Statuerie*** **6**
Puma : ***Insolation*** **6**
Dragonnet : ***Cyclonax*** **6**
S'il gagne, descends dans la grotte →18.
S'il perd , fuis →27, →11, →10 ou →2.

29 Malgré l'absence de vent, les arbres de la cour sont très agités. Lance ***Bon Vent*** ou ***Double-vision*** pour enquêter →51. Tu peux aussi aller aux WC →16, à la buvette →14 ou au barbecue →22.

30 Les Glanürs t'expliquent qu'Aja a lancé une puissante illusion sur la kermesse. Tu dois refuser tous les lots offerts dans les stands ! Si tu as le gobelet Magi-Kola →39. Sinon, tu remontes vers la loterie →25.

31 Le cyclope t'enchaine : tu es incapable de bouger ! Si tu lances ***Rikiki***, tu deviens minuscule et tu échappes à tes chaines →43. Mais sinon, l'aventure se termine ici pour toi, c'est la FIN !

32 Ton sort renverse les boites. Tu gagnes un badge « AKD Myst » ✓. Va à la pêche aux canards →7 ou vers le géant →17.

33 Lance ***Kramtou*** **6**. Si tu réussis, la potion s'évapore et tu trouves au fond de la marmite une carte Moképone ✓. Sinon, les vapeurs toxiques te donnent le tournis . Continue vers la forge maudite →3 ou le chamboule-profs →2.

34 Le Magi-Kola est horriblement sucré. Une étrange chaleur t'envahit ! Gagne un niveau de , mais perds . Garde ton gobelet Magi-Kola ✓. Continue vers la pêche aux canards →7 ou le chapiteau →9.

35 Tu découvres la Flute de Terre ✓ parmi les légumes. Cet instrument peut réveiller le Titan endormi. Tu retournes vers le barbecue →22, ou tu vas voir la mine →4.

36 Tu montes sur scène pour chanter avec les autres, mais leurs voix te cassent les oreilles ! Tu t'enfuis vers le chapiteau →9, le géant →17 ou la loterie →25.

37 Quand tu montes sur son dos, la licârne devient agressive. Tu peux lancer ***Bruime*** **5** pour l'apaiser : si tu réussis →44. Sinon, elle se met à courir en te secouant , puis elle finit par te laisser descendre dans les champs →23.

38 Aja Majistra n'en revient pas ! Malgré ses efforts, tu réussis à contrer ses sorts, et tu la repousses ! Elle s'affaiblit, et dans un ultime effort tu prends le dessus. Épuisée, la magicienne se rend ! Tu entends les autres élèves hurler de joie →60.

39 Les Glanürs te proposent de verser dans ton verre leur cidre enchanté par un sort qui dissipe les illusions. Si tu acceptes, efface le gobelet Magi-Kola de ton sac et →42. Si tu refuses, remonte devant la loterie →25.

40 Aja Majistra est trop forte maintenant. Tandis que ses créatures ravagent l'école, tu la vois s'avancer vers toi en riant. Tu sens que tu tombes en son pouvoir : tu as échoué dans ta mission, et c'est la FIN.

41 Tu réussis à déjouer l'illusion. Tu peux aller à la forge maudite →3, au banc →27, à la chorale →15 ou vers le dragon →20.

42 Grâce à ce sort, tu vois la réalité !
Ouvre maintenant les volets de ton livre. La joyeuse kermesse est une scène de cauchemar ! Les rires et chants joyeux sont les cris d'épouvante des visiteurs prisonniers de cette farce sinistre, et les lots gagnés sur les stands donnent plus de pouvoir à Aja. Impossible de les jeter, tu dois trouver comment les détruire. Tu cours vers la seule zone tranquille, le banc au centre de la pelouse →27.

43 Tu as la taille d'une souris pour quelques minutes. Tu montes sur le dos de Zig, et il t'emmène ! Selon son espèce, va vers…
Albatros : le champ →26 ou le volcan →24,
Varan : le banc →27 ou l'ogre →10,
Puma : chant →15 ou chamboule-profs →2,
Dragonnet : l'hydre→28 ou la roue →13.

44 La licârne se calme et dit : « J'ai besoin de ton aide ! Reviens quand tu auras parlé aux arbres. » Elle t'offre une carte Moképone ✓ et te dépose dans le champ →23.

45 Tu donnes un coup de marteau sur les orteils de Sukkr qui hurle de douleur ! Tu en profites pour écraser toutes ses confiseries maudites. Si tu possèdes un sucre d'ogre, efface-le. Tu t'enfuis vers le banc →27, vers l'hydre →28 ou le volcan →24.

46 Sulfur se calme aussitôt. Ses liens magiques sont rompus ! Pour te remercier, le dragon te donne une carte Moképone ✓, qui t'apportera un bonus de +2 dans un domaine magique de ton choix, une seule fois. Puis il s'envole au loin. Va vers la chorale →15 ou vers la roue →13.

47 Aja Majistra dit : « Je suis contente que tu sois enfin là ! Le spectacle va commencer. Et ce serait dommage que tu le rates. Ouvre tes yeux ! » Elle te lance un sort de Double Vision, qui révèle la réalité →42.

48 Tu lances le mouchoir de Morv sur la roue pour la bloquer. Baf et Gnon s'enfuient en laissant une carte Moképone ✓. Tu peux ensuite aller à la forge maudite →3, au banc →27 ou vers le dragon →20.

49 Si tu as la partition géante ou la Flute de Terre, tu joues un air pour réveiller le Titan endormi sous le jardin : ***Chant du Titan*** **8**, ajoute 4 au dé si tu as les deux objets. Si tu réussis →55. Si tu échoues ou si tu n'as aucun de ces objets →40.

50 Les professeurs libérés te remercient ! Ils te font lire le manuel du prof : gagne +1 dans un domaine de magie de ton choix. Va ensuite vers l'hydre →28, au stand des potions →11 ou vers l'ogre →10.

51 L'arbre dit que quelque chose de terrible se passe à la kermesse. Il te tend un gland d'or ✓ qui apaise les créatures de feu →29.

52 Lorsque ta pluie de cailloux frappe les boites, tu entends hurler de douleur !
La boite de Dewey tombe et tu la ramasses. À l'intérieur, tu trouves un caillou brulant ✓.
Continue vers la pêche aux canards →7 ou le géant →17.

53 Tu attaques Aja, en espérant que ta magie sera plus forte. Aja possède autant de vies que tu as d'objets verts dans ton sac, +1. Tu lui lances un sort. Jette le dé et ajoute ton niveau en , , ou . Tu peux ajouter+1 avec une carte Moképone si tu en as du même élément. Résultat :

1 ou moins : tu perds 💔💔
2, 3, 4 : tu perds 💔
5 : relance le dé
6, 7, 8 : Aja perd 💔
9, 10 : Aja perd 💔💔
11 ou plus : Aja perd 💔💔💔

Recommence ensuite en changeant d'élément à chaque fois , , ou .
Si tu tombes à 0 vie →40.
Si Aja tombe à 0 vie →38.
Après les 4 jets, si personne n'a perdu, recommence avec tes 4 éléments jusqu'à la victoire ou la défaite !

54 Tu fais fondre les sucreries ! Au fond du panier il y a une carte Moképone ✓. Va vers l'hydre →28, le banc →27, le chamboule-profs →2 ou le volcan →24.

55 Tu joues les notes de musique magiques, et la terre se met à trembler ! Rompiche émerge des profondeurs. « Pourquoi oses-tu me réveiller ? » dit-il. Tu lui montres Aja et ses sbires qui ravagent l'école. Il se précipite pour les arrêter →60.

56 La trolle est sensible au froid et au feu. Choisis de lui lancer ***Sangelé*** **8** ou ***Insolation*** **7**. Si tu réussis, elle fuit, et tu prends son mouchoir de Morv ✓. Si tu échoues, 💔. Tu peux recommencer le combat avec le second sort, ou partir vers la loterie→13, le dragon →20, l'ogre →10 ou le banc →27.

57 Tu soulèves le costume… et tu découvres les pattes d'un ogre. Il se nomme Sukkr et te donne un coup de gourdin ! Pour résister, tente ***Statuerie*** **6** ou ***Insolation*** **5**. Si tu réussis →42. Sinon 💔, tu fuis vers la chorale →12, le chapiteau →9, la pêche aux canards →7 ou le chamboule-profs →19.

58 Les mini-profs sont furieux, car tu les as bombardés de graviers, et ils te les renvoient avec force 💔 ! Tu fuis vers l'hydre →28, la potion →11 ou l'ogre →10.

59 Les fleurs prennent feu aussitôt ! Si tu veux, retourne dans la cour pour mettre ton verre à la poubelle →29. Sinon tu continues vers la pêche aux canards →7 ou le chapiteau →9.

60

BRAVO ! Grâce à toi, l'école est sauvée. Maintenant, Aja est définitivement hors d'état de nuire. Ses complices et créatures ont pris la fuite. Il faudra reconstruire les parties de l'école qui ont été attaquées… Mais tout d'abord, tu vas organiser une véritable kermesse pour fêter avec tes camarades et professeurs cette FIN heureuse !

Les principaux insecticides biologiques

La roténone

C'est un principe actif (molécule) issu de diverses plantes tropicales (notamment *Derris elliptica*). Il s'agit d'un insecticide « de choc », qui agit par contact. Il a pour effet de paralyser le système nerveux des insectes et des animaux à sang froid. Il est donc sans danger pour les humains et les animaux de compagnie, mais il tue les abeilles et autres pollinisateurs, les vers de terre et les poissons. Les insectes touchés cessent de s'alimenter et meurent rapidement. Les produits à la roténone sont efficaces contre de très nombreux parasites, depuis les pucerons jusqu'aux chenilles.

Les pyréthrines

Préparations issues des fleurs de plusieurs espèces du genre chrysanthème, qui produisent diverses substances pour se protéger elles-mêmes des insectes. Ces insecticides ont un effet sur le système nerveux des insectes, qui meurent rapidement. Comme la roténone, ce sont des produits « de choc », qui agissent ponctuellement et par contact direct. Toutefois, ils touchent aussi les pollinisateurs et les autres insectes « auxiliaires », en particulier les coccinelles, ainsi que les poissons et les batraciens.

Le Bt

Il s'agit d'une bactérie (*Bacilus thuringiensis*) qui produit des toxines entraînant l'empoisonnement de certains insectes, essentiellement des larves de lépidoptères (papillons). Le Bt est théoriquement inoffensif pour l'homme et pour les animaux, mais aussi pour les abeilles, les coccinelles et la majorité des insectes auxiliaires, ainsi que pour les poissons et les batraciens.

Les avantages

Les insecticides qualifiés de « biologiques » sont sans danger pour la consommation, dans la mesure où ils se dégradent rapidement : on dit qu'ils ont une faible « rémanence ». Ils n'affectent ni le goût ni les qualités nutritionnelles des produits du potager. Ils ne restent pas dans le sol et n'empoisonnent pas les eaux souterraines. Par ailleurs, si la roténone et les pyréthrines tuent tous les insectes, leur action très localisée dans le temps limite ces effets négatifs.

Les inconvénients

Ils coûtent en général assez cher. En outre, comme ce sont les seuls insecticides réellement biologiques, ils sont parfois employés trop fréquemment, ce qui entraîne des phénomènes de résistance chez les insectes. D'autant que la faible rémanence oblige à répéter souvent les traitements.

Un traitement au tout début de l'invasion évite ensuite des applications répétées.

Définitions

Écosystème

Espace caractérisé par l'association dynamique de deux composantes en interaction : un environnement physico-chimique, géologique et climatique (biotope) et l'ensemble des êtres vivants qui y sont présents, c'est-à-dire la faune et la flore (biocénose). Pour un jardin, l'écosystème, c'est la terre (avec ses composants), le climat local, les plantes cultivées et spontanées et tous les animaux qui l'habitent ou le fréquentent, des micro-organismes aux vers de terre, insectes et oiseaux.

Rémanence

Durée pendant laquelle un produit de traitement continue à exercer son action. Les insecticides chimiques ont souvent une rémanence de plusieurs semaines, et c'est ce qui les rend dangereux pour la consommation. En revanche, celle des produits bio est faible – ce qui oblige évidemment à renouveler les applications.

CONSERVEZ-LES EN TOUTE SÛRETÉ !

Stockez les produits insecticides dans une armoire fermant à clé (hors de portée des enfants !). Et conservez toujours vos produits dans l'emballage d'origine.

PULVÉRISEZ PROPRE !

Utilisez un pulvérisateur propre et de préférence spécifiquement réservé aux insecticides.

Identifiez en l'étiquetant votre pulvérisateur à insecticide.

QUAND PULVÉRISER ?

Pulvérisez la roténone et les pyréthrines très tôt le matin ou tard le soir, quand les abeilles sont rentrées à la ruche.

N'OUBLIEZ RIEN !

Pulvérisez toutes parties aériennes de la plante, y compris et surtout le dessous des feuilles.

N'hésitez pas à retourner la buse de l'applicateur.

BONNE ODEUR

Les insecticides bio ont souvent un parfum particulier, dû à des essences végétales.

LA ROTÉNONE MISE EN CAUSE

Selon des chercheurs américains, une exposition longue et fréquente à la roténone pourrait avoir un lien avec la maladie de Parkinson. Mais les doses utilisées par le jardinier biologique sont en général bien trop faibles pour être significatives.

2005 © Éditions ATLAS Imp. UE. A2 E2E • 03-09 • « Je cultive mon potager » est une œuvre collective
Conception graphique et coordination : Le Sous-Marin • Direction de collection : Michel Beauvais • Auteurs : Michel Beauvais,
Estelle Ditta, Philippe Asseray • Photographies : Agence MAP, Philippe Exbrayat, Philippe Asseray • Illustrations : Joël Bordier.

Insecticides bio : choisissez bien

Le refus des insecticides de synthèse (c'est-à-dire chimiques) est l'un des traits majeurs du jardinage biologique, et plus simplement du jardinage naturel.

Les raisons en sont multiples. Il s'agit de préserver la santé de sa famille par des légumes et des fruits sans toxicité aucune et ayant meilleur goût que ceux du commerce, de préserver l'environnement en s'abstenant d'empoisonner le sol et l'eau, et de protéger la faune, en particulier les abeilles. Plus profondément, ce refus se fonde sur une conception raisonnable de la culture qui table sur l'équilibre du milieu, de l'écosystème, pour cultiver les plantes sans épandages chimiques.

CONSEILS D'EMPLOI

Respectez scrupuleusement les conseils d'utilisation du fabricant, et ne surdosez jamais.

NE TARDEZ PAS

Comme pour tous les traitements insecticides, intervenez dès les premiers signes de l'attaque – il faut rester attentif et surveiller régulièrement vos plantes.

La spécificité des insecticides bio

Une conception différente

Dans un potager « ordinaire », le jardinier a presque tous les jours le pulvérisateur à la main, et ses étagères débordent de produits. Dans le jardinage biologique, les insecticides bio du commerce ne sont utilisés qu'à titre d'exception – et certains jardiniers s'en passent d'ailleurs complètement. Un jardin bien équilibré, bien géré, se défend théoriquement lui-même.

Une nécessité ponctuelle

Toutefois, il faut considérer que certaines plantes potagères très cultivées dans les champs ont de ce fait de nombreux parasites. D'autant qu'un potager naturel est souvent entouré de jardins qui ne le sont pas et qui génèrent des insectes parasites. C'est ainsi qu'il peut être nécessaire d'intervenir ponctuellement, en cas d'attaque grave, quand la prévention n'a pas été suffisante.

Trois parasites majeurs des cultures

La noctuelle
dont la larve ronge les racines des jeunes plants de salade, chou...

La piéride
dont la chenille se développe sur les plants de chou.

Le puceron
qui se développe sur les jeunes pousses dont il suce la sève.

LE GESTE SAIN

INSECTICIDES

Du commerce ou produits maison ?

Le terme « insecticide » pose parfois problème à certains jardiniers, qui préfèrent s'en tenir aux préparations qu'ils réalisent eux-mêmes. Mais il n'y a aucune contradiction entre les deux : les produits maison, élaborés à base de plantes comme la macération de feuilles de noyer, de tomate, ou de rhubarbe, sont en fait eux aussi des insecticides bio ! Cependant, les produits du commerce (tous obtenus à partir de végétaux) ont généralement une efficacité plus grande sur des cibles bien déterminées. En outre, ils sont plus faciles d'emploi, puisqu'il n'y a pas de préparation, et qu'ils sont immédiatement disponibles.

ALTERNANCE !

Pour éviter les phénomènes de résistance, alternez systématiquement l'utilisation des produits à base de roténone et de pyréthrines. Et utilisez également les solutions insecticides à préparer vous-même, c'est-à-dire les décoctions et purins de plantes.

Construisez un rempart en dur

Certains jardiniers vont jusqu'à creuser (au printemps) un petit fossé tout autour des plants à protéger, pour y placer un véritable rempart fait de tôle inoxydable, de feuilles plastique rigides ou d'autres matériaux similaires, d'environ 20 cm de haut. Il faut ensuite remblayer le fossé avec de la terre côté culture et, de l'autre côté, avec du sable grossier ou du gravillon. L'efficacité est parfois au rendez-vous, mais pas toujours – et l'installation est compliquée et peu esthétique ! Vous pouvez aussi essayer de placer, autour de chaque salade, un conteneur plastique noir (suffisamment large pour ne pas gêner la plante), dont vous aurez découpé le fond.

Barrière en dur
Assez efficace, mais les limaces et les escargots passent parfois outre.

Le ramassage systématique

L'efficacité est-elle réelle ?

Ramasser les limaces à la main ? Le jardinier qui s'y astreint n'est-il pas un Sisyphe roulant son rocher qui sans cesse retombe ou une Danaïde remplissant son tonneau sans fond ? La tâche n'est-elle pas désespérée ? En fait, un ramassage systématique effectué à la bonne période donne de bons résultats, sauf évidemment dans les grands potagers. C'est bien entendu un travail de longue haleine, qui doit être poursuivi plusieurs années. En la matière, « patience et longueur de temps font plus que force ni que rage » !

Comment faire ?

La meilleure période est la fin de l'hiver et le début du printemps, lorsque le jardin est humide – c'est-à-dire pratiquement en permanence en cette saison. Mais il est sage de continuer le ramassage au-delà, chaque fois qu'il pleut. Comme les limaces sont des nocturnes, n'intervenez qu'à la nuit tombée, muni d'une puissante lampe électrique. Cherchez en priorité près des salades et des autres plantes habituellement touchées. Ramassez les limaces à la cuillère et mettez-les dans un récipient contenant du gros sel ou de l'eau savonneuse – certaines âmes sensibles préférant toutefois ne pas les tuer et s'en débarrasser dans les bois.

Les pièges à limaces

Abris et plantes-appâts

Un moyen simple de piéger les limaces consiste à disperser dans le jardin des tuiles et des planchettes, sous lesquelles les animaux viennent se réfugier et chercher la fraîcheur. Il suffit de les retourner régulièrement et de ramasser les ravageurs. Mais ne négligez pas cette opération car, à défaut, vos abris constitueraient autant de centres de prolifération. Vous pouvez aussi cultiver des plantes qui les attirent, en particulier des hostas, qu'il faut alors visiter systématiquement à la nuit tombée.

Piège à la bière
Ça marche !

Écuelles de bière

Enterrez partiellement des récipients larges (écuelles, assiettes creuses, soucoupes de pot) et remplissez-les de bière. Les limaces seront attirées et se noieront sous l'effet de l'alcool. Laissez dépasser le bord du récipient de 1 ou 2 cm pour que les carabes (utiles !) n'y tombent pas – les gastéropodes l'escaladant aisément. Renouvelez la bière tous les deux jours environ.

LE GESTE NATURE

DES BARRIÈRES DE PLANTES

Pour dissuader les limaces, il n'est pas inutile de planter, tout autour des planches de culture, une ligne de plantes qui repoussent les limaces, notamment le trèfle et la pomme de terre ainsi que diverses aromatiques (thym, hysope, bourrache). Certaines espèces à fleurs exercent aussi un effet dissuasif, tels le géranium, le souci, l'ancolie, la capucine ou le bégonia. Vous pouvez alterner des lignes de salades et des rangs d'oignons. En effet, la limace se sert de son odorat pour trouver sa nourriture, et l'odeur de l'oignon l'empêche de détecter ses plantes favorites.

Les oignons éloignent les limaces.

OÙ SE CACHENT-ELLES ?

Les limaces se cachent la journée dans des endroits sombres et frais, en particulier sous les cailloux, les paillis, les feuilles mortes, les mottes de terre. Elles quittent le soir leurs abris en quête de nourriture – en grand nombre lorsque le temps est humide !

ÉLOIGNEZ LE COMPOST

N'installez pas le tas de compost trop près du potager. Les limaces s'y réfugient pour s'abriter et se nourrir des déchets – mais elles font volontiers des excursions vers les laitues et les chicorées !

MODÉREZ LES ARROSAGES

La limace aime l'humidité ; il faut donc éviter de détremper le sol à l'arrosage. Arrosez uniquement les pieds de vos plants de salades, de préférence le matin.

ATTENTION AU PAILLAGE

Éliminez régulièrement les déchets végétaux sous lesquels s'abritent les limaces. Si vous étalez des paillages entre les rangs, il peut être nécessaire de les ôter en cas d'invasion de limaces, afin de laisser le sol nu quelques semaines.

Conception graphique et coordination : Le Sous-Marin • Direction de collection : Michel Beauvais • Auteurs : Michel Beauvais, Estelle Otta, Philippe Asseray • Photographies : Agence MAP, Philippe Exbrayat, Philippe Asseray • Illustrations : Joël Bordier.

Éloigner les limaces des salades

Des feuilles trouées et déchiquetées et des traces gluantes trahissent la présence de limaces dans les salades. Il faut prendre des mesures pour éviter de probables gros dégâts.

En une seule nuit, les limaces ont la capacité de manger jusqu'à la moitié de leur poids. Le premier réflexe est souvent de faire appel aux granulés chimiques, mais ce sont des poisons dangereux pour de nombreuses espèces animales, y compris pour les chats et les chiens, malgré la présence (fréquente), dans ces substances, de répulsifs pour les animaux domestiques. De nombreuses méthodes plus naturelles existent et permettent de lutter contre la prolifération des limaces sans porter atteinte au milieu.

QUAND LES LIMACES APPARAISSENT-ELLES ?

Les limaces sont des animaux nocturnes. En France, la limace grise et la limace noire (ou limace des jardins) sont les espèces les plus répandues et les plus ravageuses ; elles apparaissent du printemps à l'automne, souvent jusqu'en hiver. Pendant les froids, elles hibernent en profondeur dans le sol, jusqu'au printemps suivant. Si l'air est trop sec, la limace ne peut pas produire de mucus, ce liquide qui lui permet de se déplacer. Elle sort donc essentiellement par temps humide.

Tenez-les à l'écart

Supprimez leurs abris

Pour dissuader les limaces de s'en prendre à votre potager, il convient d'éliminer tout ce qui est susceptible de favoriser leur installation. Ôtez de votre jardin les planches, les grosses pierres, les récipients divers, les pots de fleurs renversés et les débris qui traînent sur le sol - que les limaces utilisent comme refuges.

Détruisez les pontes

Effectuez des binages fréquents, de l'automne au printemps, pour mettre au jour les œufs de limaces, qui seront alors mangés par les oiseaux et les hérissons. N'oubliez pas de gratter aussi la couche superficielle des pots – vous ferez bien également de dépoter et de regarder sous la motte et contre les parois du conteneur.

Installez des barrières

Découragez leurs attaques

Un bon moyen de prévention consiste à interdire aux gastéropodes l'accès à vos plantations. Autour des salades comme de tous les jeunes plants menacés, étalez des matières redoutées par les limaces, parce qu'elles les empêchent d'étaler leur mucus et de progresser – aiguilles de pin, copeaux de bois, fougères, cendres de bois (en général très efficaces et constituant en même temps un fertilisant riche en phosphore), coquilles d'œufs séchées au four. Cependant, ces obstacles naturels ne sont guère durables – l'efficacité des cendres de bois, par exemple, est vite réduite par temps humide et il faut renouveler l'application après chaque pluie.

La cendre de bois *protège tout en fertilisant le sol.*

LE GESTE NATURE

ILS ADORENT LES LIMACES !

Le hérisson, le meilleur prédateur.

Les prédateurs naturels peuvent vous aider à vous débarrasser des intrus. Certains d'entre eux raffolent des limaces. Attirez donc les oiseaux dans votre jardin en leur installant des nichoirs, les crapauds et les grenouilles en leur aménageant une petite mare. Un tas de bûches ou de branchages servira d'abri au hérisson, le grand ami des jardins. Les carabes sont des prédateurs efficaces tout comme les lézards et les orvets. Les mille-pattes s'attaquent à la ponte des limaces. Les vers luisants mangent par fois ces gastéropodes et mêm les opilions , ces araignées grandes pattes appelées aus faucheux.

Avantages de l'eau de pluie

Elle est réputée la meilleure pour l'arrosage. Elle est douce, c'est-à-dire légèrement acide (avec un pH de 6, ou un peu moins quand l'air est pollué), ce qui est préférable à la nature souvent calcaire de l'eau de la commune, et contrairement à celle-ci, évidemment non chlorée. En outre, elle est bien aérée et à la température ambiante, ce qui est idéal pour les plantes.

Ses inconvénients

Pollution atmosphérique

Les pluies acides et bien d'autres phénomènes nous ont appris que l'eau de pluie est elle aussi touchée par la pollution. En effet, en traversant l'atmosphère, elle se charge de nombreuses particules (aérosols) qui peuvent être naturelles (pollens, poussières, fumées, sel au bord de la mer) ou conséquentes à l'activité humaine (gaz d'échappement, fumées industrielles, pesticides agricoles).

Pollution des toits

En ruisselant sur les toits, l'eau se charge en outre de diverses substances (déchets végétaux divers, fientes d'oiseaux, particules minérales de tuile, d'ardoise ou de zinc). S'y ajoutent en outre les polluants atmosphériques qui se sont déposés sur les toits, et qui sont loin d'être négligeables dans les régions urbaines et industrielles.

La citerne récupère l'eau – et ce qu'il y a sur le toit !

Conséquence de la pollution

Une partie des particules dont est chargée l'eau de pluie sont neutres ou même bénéfiques pour la culture. Le reste est stocké dans le sol, qui devient lui-même pollué - en général légèrement, mais parfois beaucoup. Heureusement, à terme plus ou moins long, grâce aux micro-organismes, ce sol joue le rôle de station d'épuration, et s'autonettoie.

Les bonnes techniques d'arrosage

Quand faut-il arroser ?

Il n'est évidemment pas possible de donner un rythme pour chaque espèce potagère, puisque tout dépend du climat. Les vieux jardiniers ont en quelque sorte un sixième sens, qui les fait se saisir de l'arrosoir lorsque les plantes en ont besoin. En fait, certains signes permettent de réagir : un léger affaissement des feuilles chez les espèces les plus sensibles, comme la tomate, et le poudrage ou le léger fendillement de la terre. À ce stade, il ne faut plus attendre.

Le jeune plant demande moins d'eau, mais plus souvent !

Comment procéder ?

Pour éviter que la part des anges - l'évaporation ! - soit trop importante, on arrose le matin très tôt, surtout au printemps et en automne, ou le soir en été. En général, il est préférable d'arroser profondément et moins souvent. En effet, avec des arrosages superficiels et fréquents, les racines ont tendance à rester en surface et la plante devient plus sensible à la sécheresse.

Le bon vieil arrosoir permet de bien doser les apports.

À chacun la bonne dose

Un plant de salade repiqué depuis une semaine ne demande pas autant d'eau qu'une grosse chicorée, que l'on doit bientôt récolter. Apprenez à adapter votre coup de poignet, quand vous utilisez l'arrosoir, en fonction du développement de chaque culture, et ne donnez qu'une demi-dose aux jeunes plants.

L'ASTUCE DU JARDINIER

DES PRATIQUES CULTURALES ADAPTÉES

Des « trucs » pour éviter les pertes

La cuvette, c'est-à-dire la plantation dans un creux, peut être généralisée pour les plantes d'une certaine taille, comme l'artichaut ou même la tomate, parce qu'elle draine l'eau vers le pied - de même que la plantation en sillon pour les espèces plus basses. Par ailleurs, pour diminuer l'évaporation estivale, utilisez des claies à ombrer, reposant sur des supports, ou même de simples cagettes retournées sur les jeunes plants qui viennent d'être repiqués. Pour ces derniers, une autre précaution consiste à habiller le feuillage, c'est-à-dire à supprimer sa partie supérieure, pour diminuer l'évaporation.

Ombrage à la cagette.

LE PLUVIOMÈTRE

Cet instrument, fort simple et facile à lire, permet d'évaluer les quantités d'eau réellement tombées et de décider ou non d'arroser. Il faut compter les précipitations par 24 h. À 3 mm d'eau, il s'agit d'une faible pluie, qui ne dispense pas de l'arrosage. À 5 ou 6 mm, la pluie est relativement importante, mais il faut quand même arroser. À 10 mm, le volume est suffisant pour les plantes

CULTURE ET SAISON

Dans les régions à faibles précipitations estivales, les cultures précoces permettent d'économiser les arrosages en faisant bénéficier les plantes des pluies de printemps. Vous chercherez donc à semer et à repiquer tôt, dès que la température le permet.

HIRONDELLES ET GRIVES

Pour éviter d'arroser avant la pluie, il suffit d'écouter la météo. Vous pouvez aussi, comme les jardiniers d'autrefois, faire confiance aux signes naturels : les hirondelles qui volent en rase-mottes pour se saisir des insectes, les grives qui s'égosillent en haut d'un arbre, les pommes de pin qui se referment (hygromètre naturel), le chat qui se passe la patte derrière l'oreille – « chat qui se peigne, pluie prochaine ! »

Arrosez mieux en recyclant l'eau

L'eau est un problème : elle est de plus en plus rare et de plus en plus chère. Cette situation, qui risque hélas de s'aggraver, contraint à faire preuve d'économie… et d'ingéniosité.

Les plantes du potager sont les plus exigeantes en eau du jardin, surtout les cultures d'été comme la tomate, l'aubergine ou le melon. Pour éviter les factures d'eau astronomiques, il convient à la fois de récupérer l'eau de pluie et d'exploiter les autres possibilités, et d'éviter tout gaspillage. Heureusement, diverses pratiques culturales permettent de réduire les pertes par évaporation et de n'apporter aux différentes espèces que les volumes nécessaires.

Le tonneau traditionnel est décoratif.

LE BASSINAGE DES SEMIS

Pour favoriser la germination des semences, on pratique l'arrosage en pluie fine, ou bassinage, à l'aide de la pomme d'arrosoir. La veille du semis (si le temps est sec), tracez les sillons et arrosez-les, pour bien les mouiller. Après le semis et la couverture des graines, bassinez à nouveau, de la même manière.

La récupération de l'eau de pluie

Économie et écologie

La récupération systématique de l'eau de pluie évite en grande partie - et même totalement pour un petit jardin de 200 ou 300 m² - le recours à l'eau de la distribution. Il s'agit donc d'une économie substantielle, pour un minimum d'investissement. Par ailleurs, cette pratique soulage les réserves d'eau collectives, souvent menacées en cas de sécheresse, et contribue à résoudre d'éventuels problèmes d'écoulement et d'évacuation, les gros orages posant souvent des problèmes pour le réseau municipal.

Le fût de récupération

La manière la plus simple de collecter l'eau de pluie consiste à placer un fût quelconque, ou un tonneau, sous la descente de gouttière.

Le fût basique *oblige à puiser l'eau par le haut, à l'arrosoir.*

Cette installation n'exige, pour seuls travaux, que de recouper la gouttière et de placer un coude d'évacuation, en partie basse. Il faut toutefois s'assurer que le fût est bien calé, afin de prévenir son basculement. Bien entendu, ce dispositif ne permet que l'arrosage à l'arrosoir, et il entraîne généralement des pertes, la capacité du fût n'étant que rarement en rapport avec la surface du toit.

Les cuves extérieures

De nombreux modèles de cuves, spécialement conçues pour la récupération, donnent la possibilité de collecter des volumes importants : 225 l, 500 l ou 1 000 l. En matière plastique, elles sont dotées d'un couvercle, qui évite l'évaporation ; d'un filtre à l'entrée, pour empêcher l'entrée des feuilles mortes ; et d'un robinet en partie basse, qui facilite le puisage et sur lequel on peut même brancher un tuyau et une pompe. Ces cuves sont montées sur un socle.

Cuve-réservoir sur socle.

LE BON GESTE

LE PAILLAGE

Une solution à généraliser

« Un binage vaut deux arrosages », affirme avec raison un vieux dicton de jardinier, et cette technique est un cas particulier de paillage car la binette forme une couche superficielle de terre émiettée qui évite la remontée de l'eau, par capillarité, jusqu'en surface. Mais sous toutes ses formes, le paillage permet de réduire sérieusement les apports d'eau - souvent jusqu'à la moitié. Bien entendu, cette pratique concerne au premier chef les cultures d'été comme la tomate, l'aubergine, les courges, le poivron ou le melon. L'épaisseur de la couche de paillage ne doit pas être inférieure à 5 cm.

Un paillis d'été… en paille!

LE STRESS HYDRIQUE

On appelle ainsi les dommages durables que subissent les plantes soumises à la sécheresse, dont certaines résistent plus ou moins bien selon leurs caractéristiques. Chez les arbustes et les arbres, il peut s'agir de pertes de branches. Chez les espèces potagères, faiblement enracinées, le stress entraîne des brûlures, un retard de croissance et compromet même parfois la récolte.

Mieux les connaître

La larve de coccinelle, plus efficace que l'adulte

La lutte biologique repose en partie sur l'introduction, dans le jardin, d'insectes auxiliaires prédateurs des parasites, dont les pucerons, et cette méthode, à la fois plus rationnelle, est plus écologique qu'un insecticide. Sur les plantes attaquées, placez des œufs ou des larves de coccinelles, ces dernières étant plus voraces que les adultes. Elles ont l'avantage de rester sur les tiges jusqu'à saturation plutôt que de voler de plante en plante. Mais la présence de coccinelles adultes est également essentielle car elles sont – précisément ! – aptes à se déplacer sur des plantes nouvellement colonisées par les pucerons, qui ont migré, parfois avec l'aide des fourmis.

Le cycle de vie de la coccinelle

Les œufs pondus par les femelles coccinelles, d'abord jaune d'or, évoluent vers le gris-vert ; à l'éclosion, de minuscules larves gris cendré, de 1 mm, se mettent immédiatement en quête de nourriture. Sans ailes et aveugles, les larves se déplacent peu. Leurs chances de survie sont donc nettement plus grandes si des pucerons se trouvent à proximité, d'où la nécessité de les placer très près des lieux infestés ; mais elles dépendent aussi d'autres facteurs, en particulier des conditions climatiques.

L'œuf éclôt environ cinq jours après la ponte ; la larve se nourrit et se développe pendant une dizaine de jours avant de devenir nymphe. Elle donne naissance à l'adulte au bout d'une semaine. La coccinelle, d'abord claire, prend ses couleurs définitives quelques heures plus tard.

Trois espèces

Plusieurs milliers d'espèces de coccinelles existent dans le monde et presque toutes sont efficaces dans la lutte contre les pucerons. Cependant, pour la lutte biologique, trois espèces sont principalement mises à contribution :

• ***La coccinelle à sept points*** (*Coccinella septempunctata*) est la plus répandue en France. Ses élytres rouge brillant et lisses sont ponctués de sept points noirs, et elle est à peu près hémisphérique. Elle prospecte en général la partie inférieure de la végétation, jusqu'à 2,50 m, et sa présence est plus rare dans les arbres et les arbustes. Elle se réfugie pendant l'hiver dans les forêts, sous les écorces d'arbres. Cette espèce, essentiellement aphidiphage, est depuis toujours considérée comme une amie de l'homme – c'est la bête à bon Dieu ! –, et a fortiori depuis que l'on sait qu'elle est aussi celle de nos chers rosiers ! En revanche, force est de reconnaître que sa larve, grise et teintée d'orangé, a sous la loupe l'aspect d'un monstre crocodilien – prédation oblige !

Coccinelle à sept points.

• ***La coccinelle à deux points*** (*Adalia bipunctata*) est orangée, elle a deux points noirs sur les élytres, mais peut aussi être noire à quatre points rouges, ou parfois presque entièrement noire. Elle mesure environ 5 mm. Elle est aussi très gourmande de pucerons et son association avec d'autres insectes auxiliaires fonctionne parfaitement bien. Ses larves sont grises, dotées de deux points jaunes latéraux. Selon le climat, elle produit plusieurs générations par an.

Coccinelle à deux points.

• ***La coccinelle asiatique*** (*Harmonia axyridis*) est une espèce importée de Chine. C'est une des plus grosses coccinelles, atteignant de 5 et 9 mm de long, mais les souches commercialisées sont incapables de voler. Elle est très efficace dans la lutte contre les pucerons. La couleur de ses élytres est variable (jaune, orange, rouge ou noire), tout comme le nombre de ses points, oscillant entre 0 et 19, la rendant difficile à identifier. Pourvue d'un thorax pâle surmonté d'un M, elle est très vorace et très féconde ; sa durée de vie peut dépasser les deux ans. Les larves grises sont massives et ponctuées d'orange sur les côtés.

Une polémique

La coccinelle asiatique (*Harmonia axyridis*) fait l'objet d'une polémique. En effet, cet insecte, extrêmement vorace, se révèle dangereux pour les coccinelles européennes, qu'elle dévore allègrement, et pourrait même les mettre en péril. Sa dangerosité a été dénoncée par divers scientifiques, en Hollande et en Belgique. En Grande-Bretagne, l'université de Cambridge s'en est émue et a mis au point un dispositif de surveillance. En France, la polémique existe aussi, posant évidemment le problème des limites de la lutte biologique – qui pourrait donc se retourner contre… l'équilibre biologique. Et il est vrai que l'introduction d'espèces exotiques pose toujours un problème (comme d'ailleurs les lâchers d'insectes indigènes), ainsi qu'on peut le voir par exemple dans le cas des tortues et de bien d'autres espèces. Toutefois, la société Biotop (www.biotop.fr), qui diffuse l'insecte en question sous le nom de *Coccibelle®*, a annoncé son refus d'en interrompre la commercialisation, arguant que les souches non volantes et homozygotes (dont la descendance est également non volante) ne représentent aucun danger pour les espèces autochtones. Ses arguments semblent convaincants, mais le débat est à suivre…

DÉCOUVRIR

DES POINTS ET DES IDÉES REÇUES

Le nombre de points sur le dos d'une coccinelle n'indique pas son âge, mais renseigne sur l'espèce à laquelle elle appartient. En outre, la coccinelle n'est pas toujours rouge à points noirs. Elle revêt des couleurs aussi différentes que le jaune ou le noir, le blanc, le marron, et les motifs qui ornent ses élytres sont également variables : taches, rayures, points… Ces motifs et ces couleurs ont sans doute pour fonction de dissuader les prédateurs, pour lesquels ils signifient – selon les chercheurs – que ces proies potentielles ont une chair toxique, ou peut-être un goût infect !

Coccinelle à sept points, la plus fréquente.

COMBIEN D'ŒUFS UNE COCCINELLE PEUT-ELLE PONDRE ?

Selon l'espèce, la femelle pond en une seule fois 10 à 50 œufs, et elle reste active pendant plusieurs mois, avec une moyenne de dix pontes en tout. Quand les larves atteignent l'état adulte, elles s'accouplent immédiatement quand la température le permet ou, en fin de saison, elles rejoignent leur lieu d'hivernage. On compte une, souvent deux et parfois trois générations par an, selon le climat et l'espèce.

QUELLE EST LA DURÉE DE VIE D'UNE COCCINELLE ?

La coccinelle à sept points vit environ un an, et au maximum dix-huit mois.

PROTÉGEZ LES COCCINELLES !

Les insecticides antipucerons tuent aussi les coccinelles. Cependant, il n'en va pas de même pour leurs prédatrices, les survivantes désertant en général les arbustes traités. En outre, pour que les coccinelles s'installent durablement dans votre jardin, elles doivent y trouver des abris pour hiverner : anfractuosités de murs, tas de pierres, huisseries de fenêtres propices, vieux arbres à écorce craquelée…

Installation d'un abri à coccinelles.

Des coccinelles pour protéger vos rosiers

Les rosiers sont fréquemment la proie des pucerons, qui nuisent à leur floraison et à leur développement. Pour les contrôler, pourquoi ne pas faire appel à nos amies les coccinelles ?

Très friande de pucerons verts et noirs, la coccinelle adulte en dévore jusqu'à cent par jour, et sa larve, jusqu'à cent cinquante. C'est pourquoi elle fait partie des « auxiliaires animaux », c'est-à-dire de cette faune qui, dans la nature, occupe la fonction de prédatrice des parasites des plantes. Le recours à la « bête à bon Dieu » ne vise pas à éradiquer les races de pucerons et autres insectes-proies – car ce serait éradiquer aussi les coccinelles –, mais à obtenir un équilibre, en contrôlant les populations.

Les dégâts provoqués par les pucerons

Les pucerons s'établissent souvent en colonies sur les tiges, surtout sur les jeunes pousses, les pédoncules floraux et les boutons. Dotés d'un appareil buccal de type « piqueur-suceur », ils pompent la sève, entraînant des conséquences graves sur les plantes : celles -ci s'affaiblissent, puis deviennent plus sensibles aux maladies, et se déforment à cause des toxines. Sur le miellat, le liquide sirupeux sécrété par les pucerons, se développent des champignons appelés « fumagines », qui noircissent durablement le feuillage. Les fourmis se nourrissent de cette substance, c'est pourquoi elles « élèvent » les colonies de pucerons, en les protégeant de leurs ennemis et en les déplaçant dans le jardin, rendant la lutte plus difficile encore. En cas d'attaque massive, les dégâts sont lourds ; il arrive que la floraison de printemps d'un rosier sensible soit entièrement compromise.

Pucerons sur bouton de rose.

***Les coccinelles** adultes ou sous forme de larves (comme ici) dévorent un grand nombre de pucerons.*

OÙ SE PROCURER DES COCCINELLES ?

Vous trouverez des œufs ou des larves de coccinelles vendues sur différents sites Internet (www.insectes.org, www.plantes-et-jardins.com, www.jardin-bio.com, www.biotop.fr), ou par correspondance auprès de sociétés spécialisées (SARL Magellan, Les Landes, 24290 La Chapelle d'Aubareil - Société Puteau, 20, rue Jacques-Duclos, ZI du gros caillou, BP 83, 78344 Les Clayes-sous-Bois Cedex).

LE BON GESTE

LA MARCHE À SUIVRE

Les gloutons débarquent !

- Vous recevez vos œufs de coccinelles fixés sur du papier et contenus dans des tubes en plastique – et il faut suivre le mode d'emploi. En général, il est conseillé de les entreposer dans une pièce à 20 °C, jusqu'à ce que les œufs éclosent, ou de les accrocher directement sur les rosiers.
- La réussite de l'opération suppose l'absence des fourmis – ou du moins un faible taux de présence – car ces insectes protègent efficacement les pucerons.
- Sortez délicatement des récipients les bandes de papier sur lesquelles reposent les œufs ou les larves. Les larves se dispersent d'elles-mêmes le long des tiges.
- Tous les produits insecticides, même les préparations maison, sont évidemment à proscrire !

Larve de coccinelle sur une feuille de rosier.

QUAND INTRODUIRE LES COCCINELLES DANS LE JARDIN ?

À la fin du printemps-au début de l'été. N'installez pas les larves sur les tiges des rosiers avant des périodes de forte pluie ou de froid. La température nocturne doit avoisiner les 10 °C.

TEMPS D'ACTION

Il faut compter qu'une dizaine de jours seront nécessaires avant de constater un résultat flagrant.